MISTERIOS DE ÚBEDA

N. EXVIL

MISTERIOS DE ÚBEDA

EXLIBRIC

ANTEQUERA 2019

N. EXVIL

MISTERIOS DE ÚBEDA

*A mi hija, Elsa, y a mi sobrina Zaira,
para que descubran las historias de esta ciudad*

Prólogo

Úbeda es una ciudad con una gran historia. Por ello, también sus misterios y leyendas son amplios y variados. Si bien es cierto que ya escribí un libro anterior con esta temática, llamado *Leyendas tras la historia. Úbeda*, en él únicamente destaqué diez leyendas, de las cuales la mayoría son por todos conocidas o se ha oído hablar de ellas. En este libro me dispongo a rescatar otras cuantas de estas historias que se contaban y que para muchos son ya cosa del olvido, dejando de esta forma un legado del misterio de la ciudad para que recuerden los más mayores y conozcan los más jóvenes, evitando que se pierdan y, de este modo, consiguiendo enriquecer la cultura de Úbeda.

Como en el anterior, en este también estarán esas historias que nos contaban nuestros padres, nuestros abuelos, a los que se las contaban los suyos, porque es una tradición que se está perdiendo y no se ha de olvidar. Aunque no solo aparecerán estas, sino que habrá otras más recientes, anécdotas que ya se pueden catalogar de leyendas.

Mi estilo de escribirlas es un tanto peculiar, pues no seré yo realmente quien las cuente, sino que, al igual que en el anterior, serán los personajes, aquellos que las vivieron, que son protagonistas de estas historias, los que se las hagan llegar de un modo muy especial y a su propio estilo. Obviamente, si hubiera alguna que careciera de dicho personaje, la narraré de una forma peculiar y amena para que disfruten de esta lectura y conozcan la otra historia de Úbeda, cerrando de este modo el ciclo de leyendas de esta ciudad y esperando que no se quede ninguna en el tintero, pues de ellas no me quisiera olvidar.

He de advertir que en este ejemplar no encontrarán las ya incluidas en *Leyendas tras la historia. Úbeda*, por lo que les invito a que lo adquieran, si no lo poseen ya, para conocer esas diez leyendas restantes. También me es grato informar de que el libro se ha convertido en una ruta visitable en Úbeda y que regalan el ejemplar en ella, a través de la empresa Fenice.

Este libro cuenta con más de diez historias. Algunas de ellas me han ayudado a recopilarlas ciudadanos interesados en que esas historias, que para ellos son especiales, no se perdieran; personas que han leído el anterior libro y les ha gustado la forma de contarlo. Por eso les dedicaré unas breves palabras para agradecerles su aportación en el apartado de agradecimientos.

Espero que disfruten de su lectura, porque yo disfruté escribiéndolo.

Noelia Expósito Vilches

Agradecimientos

Quisiera empezar agradeciendo a esta editorial, que ha hecho posible que este libro haya visto la luz y no se haya quedado olvidado en un cajón, porque sin ella no les llegaría a ustedes y no podrían disfrutar de estas maravillosas historias.

A Carlos, mi marido, por las horas de investigación que ha pasado conmigo en esta temática, por su apoyo, por su ánimo a publicar la primera obra y por ser mi lector más fiel.

A mi familia, que me apoyó desde pequeña para que escribiera y que siempre va a todas las presentaciones que hago, sean donde sean.

A mi peque, Elsa, por dejarme ese tiempo para poder escribir y ser tan buena, mi musa en las noches de escritura, pues esto lo hago por ella.

A Mónica de la Cruz Pereira, mi escritora de fantasía favorita, por su disposición a escribirme el prólogo de *Jaslia. En la soledad de la calle*, por sus largas conversaciones al teléfono, que me animaban a seguir escribiendo, y por convertirse en una buena amiga, un gran apoyo en este mundo tan solitario del escritor.

A los que ya no están aquí, pero siempre estuvieron ahí y no se les olvida con el paso del tiempo. Este libro va por ellos, que siempre permanecieron juntos y que ya descansan juntos.

A los que adquirieron la primera obra, que me dieron la oportunidad de colarme durante un rato en sus hogares para hacerles llegar mis historias y mi estilo de escribir. Gracias por confiar en una escritora novel y por animarme a escribir esta segunda parte.

A los que compraron el segundo libro, que, si bien era de una temática muy distinta, volvieron a darme una oportunidad de dejarles llegar mi narrativa, pues sin ellos seguramente no iríamos por el tercero.

A aquellos que van a las presentaciones, en especial a los que me han acompañado como presentadores y personajes en la mesa, que me ayudaron a amenizar ese rato y que son capaces de escuchar y de difundir el nuevo libro y comparten conmigo ese momento de gran ilusión.

A las personas que en este libro han querido aportar su granito de arena con una leyenda porque querían verla escrita de esta forma tan peculiar, como es el caso de Rafael Carvajal García, que no quería que se perdiera la leyenda de la túnica del muerto. Por ello, será esta la que dé comienzo a este nuevo libro, que se empezó a crear en aquel café.

A Amparo Jódar Quesada y Ginés Jimena Molina, que me recordaron algunas historias que ya tenía olvidadas o que eran desconocidas para mí y me animaron a seguir escribiendo.

Y en especial a todos los que van a leer este libro, porque hacen posible que yo siga escribiendo. Sin ustedes esto no sería posible.

Gracias.

Índice

LEYENDAS

LEYENDAS

SOLIDEO HONOR
ET
GLORIA

LA TÚNICA DEL MUERTO

Si me permiten, me gustaría poder contarles aquello que me pasó antaño. Tal vez les resulte peculiar o anómala, mas es una historia breve en labios de un humilde servidor. He de decir que mi familia no es poderosa, ni siquiera es conocida en esta ciudad de Úbeda, pero aun así me gustaría que la escucharan. Es una curiosa vivencia la que tuve en ese momento y que aquí les quiero relatar. Espero expresarme bien, pues no fui a la escuela y lo que aprendí fue de la calle.

Mi nombre es poco común en la zona, pero lo eligió con mucho cariño, puesto que era un nombre que le gustaba mucho, mi santa madre y con el amor que le tenía lo llevo con todo orgullo. Me llamo Tadeo, aunque me conocen en mi barrio por un mote que me pusieron siendo ya mocico. Verán, este me viene de un percance que sufrí en una de mis piernas y que me dejó una cojera difícil de disimular. De ahí que desde entonces me conocieran como Tadeo el cojo. La verdad es que tenía mucho sentido el mote.

Mi casa estaba en el barrio de San Millán, un barrio de albañiles y gente muy humilde y sencilla. Creo que se podrán hacer una idea de cuál era mi oficio. Sí, era albañil. Mi trabajo me llevó al percance que dio con mi mote, pues un día caí del andamio y, al apoyar mal la pierna, esta quedó maltrecha. Pero eso es otra historia, que no viene a cuento ahora, aunque sí que quiero que les sirva para situarse en quién era. Que no quiero que luego se confundan o se pierdan.

A ver, hum… Vale, volvamos a mi historia, que me voy por los cerros. En fin, en mi casa el dinero he de reconocer que era muy escaso; apenas nos llegaba para llevarnos un trozo de pan a la boca. Aun así, desde niño había tenido una gran ilusión, que jamás perdí, y es que quería comprarme una túnica para salir en la procesión de Semana Santa. Entiendan que no era una túnica cualquiera; tampoco la cofradía lo era. Yo quería la túnica de la Virgen de la Soledad. Aunque el nombre de la cofradía es un poquito más largo: Cofradía de Nuestra Señora de la Soledad y María Magdalena. Ea, ahí es na. Les he de decir que esta empezó siendo una sociedad benéfica de albañiles y que es una de las más antiguas que existen en la ciudad, pues se fundó allá por 1554.

La túnica que tanta ilusión me hacía llevar estaba compuesta por un paño negro con bocamangas de bayeta blanca y encaje en blanco y negro, un peto blanco triangular en el que se luce el escudo de la hermandad, cíngulo blanco de tela, que termina en unas bolas blancas, y capucha de paño negro con cuello de gola de encaje blanco y negro. Como ven, no es una túnica más; es única. Para mí, la mejor. Sé que ha sonado muy profesional, pero esas palabras me las aprendí de memoria al leérmelas de los estatutos un amigo. Pero vamos, lo que viene siendo una túnica de tela recia negra y con cosas en blanco. Era la de la cofradía con la que soñaba desde niño y en la que no había podido salir jamás por el dinero. Prodigioso caballero don dinero: si lo tienes haces de todo y si no, sueñas con tenerlo.

Por desgracia para mis intereses, al quedarme cojo el tajo disminuyó y la economía de mi casa se vio afectada de una manera… Bueno, no diré esa palabra, pero se notó más de la cuenta. Había días en que el pan no entraba en casa, algo que me fastidiaba sobre todo por mis hijos, que aún eran muy pequeños para poder ayudar. Aunque siempre había alguna vecina que les daba un hoyo de pan y aceite para llevarse a la boca. A ellos no les faltaba de nada. Como no podía ser de otra manera, mi sueño, el de poder salir acompañando a la Virgen de la Soledad en procesión con mi túnica, se alejaba cada vez más. Debía ser realista. Primero estaba el mantener mi casa y luego, los caprichos. Al fin y al cabo, los sueños eran eso, sueños, y los pobres solo podemos optar a eso.

Mi mujer sabía de mi pena y me propuso un trato. Preparó un tarro en la cocina, donde metería lo poco que pudiera ahorrar y lo guardaría para poder comprarme mi túnica. A cambio, lo único que me pedía es que entendiera que si sufríamos alguna necesidad y debía usarlo no me debía enfadar con ella. Una santa ella, que estiraba lo poco que ganaba con gran maestría.

Un día me llamó a la cocina. Sobre la mesa estaba el tarro y junto a este se sentaba ella, mi esposa, con cara de preocupación. La economía del hogar no había mejorado, por lo que en mis pensamientos me sobrecogieron las peores imágenes. Seguramente habría que gastar lo del tarro. Pero ella habló:

—Tadeo, querido, lo has conseguido. Ya tienes el dinero para tu túnica.

Entonces me senté en la mesa frente a ella. Por un lado sentía una gran ilusión que inundaba todo mi ser, pero por otro tenía la preocupación de que ese dinero fuera necesario para la casa y no quería poner en riesgo su alimentación. Le consulté. Siempre hablábamos todo antes de tomar cualquier decisión. Era una mujer extraordinaria. Ella era muy comprensiva conmigo y cuando me animó a hacerlo, a comprármela, no pude aguantar. Me levanté de un salto y fui a abrazarla, a besarla. Era el día más feliz de mi vida. Me sentía el hombre más afortunado del mundo. Las lágrimas brotaron de mis ojos de la misma alegría. Al fin cumpliría mi sueño. Ese año podría acompañar a mi Virgen en la procesión.

Cogí el dinero que había en el tarro y fui a por mi túnica a la sede de la hermandad. Al verla volví a llorar. Era como un niño pequeño antes del día de Reyes. Cuando la tuve en mis manos la abracé contra mi pecho y tuve que pellizcarme para ser consciente de que todo aquello era real, que al fin lo había alcanzado; que mi sueño, que era tan inalcanzable para mí, se hacía realidad.

Llegué a casa y se la enseñé a mi esposa, que quiso que me la pusiera para ver cómo me quedaba. Estaba tan nervioso que no sabía ni vestirme y tuvo que ayudarme. Aún quedaban meses para que llegara la Semana Santa. Mi mujer me la preparó en un cuarto que teníamos desocupado para que no se estropeara ni se arrugara, lista para cuando llegara el momento de salir el Viernes Santo.

Los días siguientes no podía borrar la sonrisa de mi rostro. Estaba feliz, trabajaba al máximo. Tenía que agradecerle tanto a mi esposa por haberme ayudado que intenté llevar más dinero a casa. La fortuna empezaba a sonreírme y creo que la Virgen debía de estar ayudándome, pues el trabajo no faltaba y los ingresos aumentaban. Al fin podía ir con la cabeza alta, sin deberle nada a nadie. Entonces llegó lo inesperado. El cruel destino me tenía un revés guardado, algo que jamás hubiera pensado, algo que lo rompió todo y me hizo pensar que los pobres no podemos alcanzar los sueños. Esa era la lección que debía aprender.

Tal vez la que había intervenido no había sido la Virgen de la Soledad, sino Santa Rita. Es que, verán, la Semana Santa estaba muy cerca —apenas una quincena restaba—, la túnica llevaba meses preparada para la procesión y allí seguía, como el primer día, en la habitación guardada, perfecta, lista para la procesión.

Me desperté esa mañana más trastornado de lo normal. No sé decir con palabras lo que sentía, pero algo no iba bien en mí. Estaba pachucho. No le di mayor importancia. Tenía que trabajar; ahora que las cosas iban bien no podía dejar de hacerlo y me pasó factura, pues mi salud se vio dañada. Sin saber cómo, me vi encamado a causa de una extraña enfermedad. De un día para otro pasé de estar en plena forma a no poder moverme de la cama. Los doctores fueron a visitarme en varias ocasiones, pero no sabían qué me pasaba. Simplemente estaba empeorando día a día. Me hacían pruebas y decían cosas muy raras, que no entendía, pero no me curaban.

No pintaba bien la cosa. La muerte me acechaba, tanto que los médicos aseguraron que me quedaba poco para abandonar este mundo. Vamos, que en breve mi vida llegaría a su fin. Incluso el cura había pasado por la casa para darme la extremaunción o como se llame. Vamos, que me soltó un sermón para cuando me fuera al más allá, pero yo quería quedarme en el más acá. Lloraba; era lo único que podía hacer. Mi sueño se veía así frustrado a escasos días para cumplirlo y se escapaba de mis manos sin poder hacer nada para impedirlo. Quedé a solas con mi esposa un instante —lo necesitaba—, momento que aproveché para, no sin esfuerzo, decirle:

—Sé que mi tiempo en este mundo se ha acabado. No estaré aquí para acompañar a la Madre de San Millán, a mi Virgen de la Soledad, pero te pido que me jures por lo más sagrado que si muero antes de cumplir mi sueño… entiérrame con mi túnica. Que esta sea mi mortaja para que, desde donde quiera que esté, pueda acompañarla.

Mi esposa me lo juró entre lágrimas. No quería imaginar que me marchara así, sin más. En cierto modo, creo que también lo hizo por contentar a este pobre moribundo, que se encontraba tan mal, o tal vez porque esperaba que me pusiera bien. Yo rezaba a Nuestra Señora para que me permitiera acompañarla, para que no me llevara tan pronto. En menos de dos horas desde la promesa de mi esposa y mi último rezo dejé este mundo sin sentir dolor, en silencio, en paz.

Sí, estoy muerto. No fui capaz de superar la enfermedad, aunque me costó trabajo asimilarlo. Noto que salgo de mi cuerpo y me veo a mí mismo allí, tumbado en la cama. Junto a mí está mi mujer rezando, pidiendo para que no me vaya. Creo que aún no se ha dado cuenta de que me he ido, de que he muerto. Intento avisarla, pero ella no me ve. Es todo tan extraño. No me puedo ir, no ahora. Pruebo a acercarme de nuevo y me tumbo sobre mi cuerpo, pero no me pego, no sé cómo conseguirlo. Mi cuerpo ya no quiere unirse a mi alma. No sé qué puedo hacer. Me siento sobre mi cuerpo y me sitúo en el otro lado de la cama, frente a mi esposa, esperando a que reaccione. Ella coge mi mano y se da cuenta: esta fría, ya no hay vida en mi cuerpo. Entonces, con un chillido desgarrador, rompe a llorar y aparecen los que esperaban en el salón y las vecinas corren la voz. ¡Que alguien haga algo! No quiero irme.

Yo sigo observándome sin entender nada. No puedo volver, pero tampoco me he marchado. Supongo que mi alma está amarrada, seguramente por algo pendiente que me hace seguir en este mundo. Pienso, intento sacar algo positivo de esto y me intento animar con la idea de que en cierto modo soy un privilegiado, pues podré asistir a mi funeral y ver quién va. Aunque me apena que quedara tan poco para la procesión y no haya llegado. Fallecí un Martes Santo. Era tan difícil asimilar mi nuevo estado. El entierro, como era costumbre, sería el Jueves Santo, dejando dos días de velación.

Llega gente a mi casa, oigo voces en la puerta. El primero en llegar es mi hermano. Tras mi mujer, es el que más me quiere.

Se acerca a mi esposa y le da el pésame, pero no va a verme, algo que me resulta raro. No se despide de mí. En cambio, la lleva aparte para que hable con él. ¿Qué tiene que hablar con mi mujer? La duda me intriga y los sigo. No puedo creer lo que ven mis ojos; mis oídos no quieren escuchar. Solo su insinuación me parece despreciable. Me está traicionando. ¿De qué va? ¿Cómo puede hacerme esto?

Mi hermano está sugiriendo a mi esposa que le venda mi túnica para salir él. Quiere ponérsela el Viernes Santo en la procesión. Me siento más aliviado al escuchar a mi esposa, que le explica que esa túnica será mi mortaja, rechazando su oferta e invitándolo a marcharse de casa. En el quicio de la puerta de la entrada principal se paran ambos. Mi hermano lanza una última oferta y le deja de plazo hasta mañana para pensarlo. Tras esto, se marcha sin haber entrado a verme. ¡Y yo que pensaba que me quería! Ella queda pensativa en la puerta hasta que los vecinos que llegan la sacan de esos pensamientos. No creo que esté considerando su oferta. Aunque, si soy sincero, he de reconocer que la oferta cuando menos es tentadora. Nuestra economía está muy mermada desde que enfermé y se verá más afectada con mi falta. Una cantidad como esa solucionaría muchas cosas, ayudaría a mis hijos a salir adelante y aseguraría el pan a los míos. Por otra parte estaban mi sueño, por el que tanto había luchado, y su promesa: me lo había jurado. Sé que sueno un poco egoísta, pero para eso era yo el muerto. Tal vez fuera lo que tenía pendiente y por lo que mi alma no se había marchado. Esperaba que no cediera, pero entendería que lo hiciera.

Más vecinos van llegando; intentan darle ánimos. Se nota que tuve grandes amigos en vida y ahora no me están fallando. La noche se une con el día, apenas hay descanso. Temprano, con el despunte del alba, vuelve mi hermano. Trae consigo una cuantiosa cantidad de dinero, más de lo que le había dicho a mi esposa la noche anterior. En esta ocasión entra a verme porque ella se encuentra a mi lado. La hace salir. Ni me mira, me ignora. La cantidad dobla el precio de la túnica. Tiene decidido quitármela. Se sientan ambos en la cocina con el dinero sobre la mesa, tentándola de nuevo. Me recuerda a la charla que tuve con ella el día que conseguí el dinero para comprarla. No puedo dejar que se la lleve. Ya es por cuestión de principios. No lo soporto y salgo de la habitación. Me voy donde está mi túnica; al menos quiero verla. ¡Estaba tan bonita allí preparada para salir en la procesión! ¿Por qué? ¿Por qué he tenido que morir? No es justo.

Me duele tanto ver eso de mi hermano… Me trata como si jamás hubiera estado, no valora mi última voluntad. Él debería ayudarlos sin más; son su familia. No lo entiendo. He de decir que él siempre había tenido buena fortuna, pero nunca nos prestó ni nos dio nada —tampoco yo se lo pedí— aun siendo conocedor de nuestra situación. Era algo que debería haber salido de él sin que le hubiera mendigado. Era el padrino de mis hijos y aun así… Siento más dolor que cuando abandoné mi cuerpo. Y eso que aún estoy allí presente.

Entonces recordé lo que ella me hizo entender en la cocina cuando me dio el tarro con el dinero: le hacía falta para subsistir y no debía enfadarme con ella. Los pensamientos se amontonan en mi cabeza. Ni siquiera hubiera imaginado que podía tener quebraderos tras la muerte. En fin, era una lucha entre mi último deseo, la traición de mi hermano y la necesidad de mi familia. Pero el muerto soy yo y nadie se acuerda de mí aun estando presente.

Oigo movimiento; ya salen de la cocina. No vienen a esta habitación. Creo que han entrado donde está mi cuerpo. Me dirijo al cuarto. Allí están ambos, buscando algo en mi armario. Sacan un traje y me visten entre los dos. Me están amortajando. Me preparan para ser enterrado, pero no con mi túnica. Quisiera llorar, pero no puedo. Me siento traicionado por mi esposa.

Mi hermano sale de la casa con mi túnica entre sus manos. Al final ella ha cedido a sus tentaciones. Me han traicionado. La rabia me inunda el alma e intento pararle, agarrar mi túnica para que no se la lleve. Quisiera golpearle con todas mis fuerzas, pero todos mis intentos quedan en nada. Vuelvo junto a mi cuerpo, donde ella se encuentra de rodillas. Entonces comienza a decir:

—Tadeo, si me estás oyendo te pido perdón. Sabes que necesitamos el dinero y no pude resistir y cumplir mi juramento. Espero que entiendas mi postura, amor mío, pero me has dejado tan sola, tan desamparada, que hemos de sobrevivir de alguna forma. Perdóname, mi amor.

Sus palabras conmovedoras me apenan. No la culpo a ella, al menos ahora no. La entiendo, pero duele. El culpable es mi hermano, que es quien en verdad me ha traicionado. Siento odio hacia él. Miro al techo implorando justicia, que haga que esto resulte a mi favor, mas nadie responde a mis súplicas. Me he quedado solo, atrapado en este mundo sin poderme ir.

La noche cae, mi esposa se va a la cama. Yo me quedo junto a ella, observándola. Le susurro al oído: «Te perdono, cariño». Tras eso, beso su frente.

—Tadeo, ¿eres tú? —acertó a decir tartamudeando. Me ha debido de escuchar y sentir mis labios en su cara.

El día del entierro ha llegado. Mi hermano llega a la casa. Quiere asegurarse de que siga con la misma mortaja que me había puesto el día antes. No se fía de que le roben la túnica. Introducen mi cuerpo en el ataúd para poner rumbo al cementerio. Apenas unas horas me separan del descanso eterno, de estar encerrado para siempre en el nicho familiar del camposanto de San Ginés. Soy consciente de que mi sueño se ha perdido y de que la túnica no irá conmigo. Lo tuve tan cerca…, pero he perdido.

Van a sacar mi cuerpo, pero algo pasa fuera que les hace detenerse. El tiempo cambia bruscamente y comienza a llover con furia. El cielo no da tregua. Mi esposa y mi hermano caminan de un lado para otro. El cura que ha de dar la misa no ha llegado. Aparece un hombre en la casa. Es alguien que no conozco. Habla con mi esposa. Le está diciendo que el sepelio se ha suspendido por el temporal, pues el cura no puede llegar a la ciudad y el camposanto esta anegado. Lo posponen para la mañana siguiente. Seré enterrado el Viernes Santo. Entonces pienso que tal vez alguien de arriba ha debido de escuchar mi desagrado con la mortaja y me da la oportunidad para que mi esposa pueda enmendarlo. Lo tengo decidido: he de transmitirle mi desagrado, hacerle saber que no puede darme sepultura sin mi túnica. Algunos parientes se han quedado en casa. Mi hermano está entre ellos.

Espero a la noche, cuando todos se hayan marchado o dormido. Ella sube al dormitorio y yo, como un perro, la sigo. Intento en varias ocasiones hacerle llegar mi mensaje, pero en esta ocasión o no me escucha o no sé cómo hacer que lo oiga. No he conseguido nada. En un intento desesperado, grito: «¡Quiero mi túnica!».

Mi esposa se ha despertado asustada. Me ha escuchado. Baja a la habitación donde había estado la túnica colgada; allí duerme mi hermano. Lo despierta y le cuenta lo que ha pasado, pero él le quita importancia y le insinúa que está cansada y que se lo ha inventado. Tendré que intentarlo con él. Es lo que tenía pensado. Pero no consigo que me escuche.

Al día siguiente se retoma el entierro. Yo voy tras ellos; delante va mi cuerpo. Antes de meterme en el nicho, como era costumbre, abren el ataúd. Entonces noto como una nube que me envuelve y me provoca un cambio. Allí estaba mi cuerpo, amortajado con la túnica de la Soledad. Mis ojos no lo podían creer: se había obrado el milagro. Me miro y mi alma también la tiene puesta. Llevo mi túnica. Mi hermano tiene los ojos que se le van a salir del asombro. Mi mujer se ha desmayado.

Y por la tarde, como había jurado, salgo con mi túnica en procesión junto a mi Virgen de la Soledad. Mi cuerpo se ha quedado en camposanto, pero mi alma procesiona como uno más para el asombro de todos los que esa tarde salieron a ver a esta hermandad, que por algún motivo me pueden ver en las filas acompañando a mi Virgen de la Soledad.

EL HIDALGO DE BRAGUETA

Muy señores míos, me vengo a presentar para contarles una historia que es muy real y particular. Soy un hombre honrado, de una familia humilde, que por una peculiar causa me hice muy popular. Muchos dirán que son casualidades del destino, incluso alguno habrá que me acusará de tramposo, mas no es cierto. Mi nombre es Hernán Crespo, un hombre que vivía sin pena ni gloria en una pequeña casita, pero conseguí cambiar mi situación adquiriendo un título nobiliario que daba la ciudad de Úbeda y que tenía una gran cantidad de beneficios. Verán, en esta época sin título no eras nada y quienes lo poseían tenían derechos que un hombre corriente solo aspiraba a soñar con ellos. Eran bien vistos, respetados y envidiados por el resto. Como ven, algo a lo que un hombre corriente como yo no llegaría jamás.

Y es que, verán, cuando me casé con mi santa esposa le prometí que viviría como una reina, pero apenas si podíamos comer. Eran malos tiempos, al menos para la gente como yo. En cambio, los hidalgos, al igual que los nobles, estaban exentos de pagar impuestos y podían tener un palacio y sirvientes, lo que les facilitaba mucho la vida en este tiempo. Un día cambió todo y ella tuvo a bien ayudarme en esta gesta, que hizo que mi nombre fuera de hidalgo. Pues bien, esta es mi historia, la que os quiero contar, que no es otra que la de cómo conseguí mi palacio e incluso que le pusieran años después mi nombre a la calle.

Eran tiempos difíciles en la ciudad, pues la hambruna diezmaba la población y la mortalidad infantil era demasiado elevada. Apenas unos pocos niños de los que nacían llegaban a la pubertad, por lo que, para motivar que se tuvieran más niños, crearon un curioso título nobiliario. Yo, cuando lo escuché por primera vez en la plaza del mercado, frente a las casas consistoriales, no podía dejar de reír, pero en frío y bien pensado era una oportunidad única para mejorar el estilo de vida de mi reciente esposa y el mío. Seguramente ustedes también se rían cuando se lo diga. Se anunciaba desde el tabladillo de la iglesia de San Pablo que se le otorgaría el título de «hidalgo de Bragueta» a aquel hombre que fuera capaz de engendrar siete hijos varones seguidos con la misma mujer y que llegaran a la edad de la pubertad. Si se conseguía, se otorgaría este valioso título. Una oferta irresistible, como verán.

Nos encontrábamos en la época del Renacimiento, ya pasada la mitad del siglo XVI. Les digo esto para que entiendan el ambiente que había en la ciudad en esa época. Era una etapa en que al entrar a cualquier lugar un hidalgo o un noble se le nombraba por su título. De ahí que no pudiera dejar de reír. Imagínense entrar a un sitio y que le dijeran: «Hace su entrada el hidalgo de Bragueta». Ja, ja, ja, ja. Cuando menos quedaba gracioso. Llegué a casa tras haber escuchado este anuncio y no le dije nada a mi esposa. Me parecía bastante absurdo. Pero por la noche empecé a imaginar todos los privilegios que esto te daba y empezó a sonarme menos mal ese nombre de hidalgo de Bragueta. Por la mañana, cuando desperté, seguía con ese pensamiento y se lo dije a mi mujer. Al fin y al cabo, sin ella no podría conseguir este título. Al principio se rio de mí, pero al ver que me mantenía serio se dio cuenta de que no se trataba de una broma, aunque me pidió unos días para pensarlo. Tengan en cuenta que le pedía que me diera siete hijos y que todos fuesen varones.

Salí a darme una vuelta. Quería ver si alguien más había tomado consideración de intentar lograrlo. Todos hablaban del tema y muchos se preguntaban qué hacer si en medio nacía una hembra. La verdad es que era algo que no me había planteado. Las condiciones eran claras: debían ser siete varones seguidos. Si una niña nacía en medio de estos no se cumpliría la condición. Lo malo es que no había forma de saber el sexo del bebé hasta que este no hubiera nacido. Algunos contemplaban la posibilidad de, si les sucedía esto, dejar a la niña en una casa cuna y volver a intentar engendrar un varón. Pero para mí era demasiado cruel. No sería capaz de dejar a un fruto de mi sangre abandonado en un convento y menos meterlo por esos agujeros tan estrechos, donde podía salir magullado.

El paseo me había dejado mal cuerpo. No imaginaba que se plantearan esa opción para conseguir el título, pero todos hablaban de esto. Pasaras por donde quisieras de la ciudad, siempre había alguien comentando esto. Aunque resultaba tentador. Había que pensar que si llevabas seis varones y el de siete era una hembra… No, no, no. Debía alejar esos pensamientos de mi cabeza. Me fui a la iglesia. Necesitaba orar, que Dios aclarara mi mente, que me mandara una señal para saber qué hacer y para pedirle ayuda en esta gesta. Por otro lado, estaba otra duda que me agobiaba: el tiempo. Había que calcular que si por embarazo eran nueve meses de gestación, al menos necesitaría siete años para engendrarlos si los embarazos eran de un solo bebé. Y luego estaba que todos ellos alcanzaran la pubertad. Eso haría que desde que naciera el último tuvieran que pasar al menos ocho años más, lo que nos llevaba a una gesta de cerca de quince años. A la hora de comer volví a hablarlo con mi esposa. Era algo que debíamos tener claro ambos. Ella pensaba como yo. Le parecía cruel el plantearse abandonar a una criatura por el hecho de ser niña. Sabíamos que lograrlo era difícil, pero aun así quedamos en intentarlo.

Un año más tarde llegó el primero, un varón sano y fuerte. Lo cuidamos con mucho cariño. No dejaríamos que muriera. Los primeros meses eran cruciales. Muchos niños no llegaban a cumplir los dos años. Algunos ni siquiera llegaban a andar. Tras registrarlo disfrutamos de él. Fue entonces cuando empezaron a sonar varios abandonos de niñas, aunque de forma muy puntual. Seguramente sería alguno de los que ya tenían varones y que deseaban optar a este título. Fui a la iglesia. Quería agradecerle a Dios que me hubiera mandado a un varón sano y fuerte. Los médicos dijeron que tenía mucha vitalidad y que seguramente saldría adelante. Era un motivo de celebración. Además, era el primer hijo que tenía, el que continuaría mi estirpe, mi primogénito. Era feliz con él y mi esposa estaba bien tras el parto. Todo había sido perfecto.

Por un momento pensé en dejar mi gesta, disfrutar de mi hijo y mi esposa y, si llegaba algún hijo más, disfrutarlo igualmente. Pero mi esposa se acercó a mí y me dijo:

—Hernán, ya solo quedan seis para conseguirlo.

Así que seguimos con la gesta. El segundo nos vino a los trece meses de nacer el primero. Dos varones seguidos y sanos, qué felicidad. Disfrutamos de ellos y se lo agradecimos a Dios. Yo estaba contento, no deseaba nada más, pero a cinco de conseguirlo quise probar. Tal vez el tercero fuera una niña y no siguiéramos con esto, pero quisimos probar. Esta vez tardó un poco más: vino a los dieciséis meses. Aunque, para mi sorpresa, el parto no fue de uno, sino que nos vinieron dos preciosos bebés, sanos y fuertes como los anteriores y, sí, ambos fueron varones. Teníamos cuatro preciosos varones, que iban creciendo sanos y fuertes, sobreviviendo a las adversidades. En ese tiempo empezó otra vez a sonar el abandono de niñas, esta vez de forma más notable. A mí me apenaba. Esos pobres bebés no disfrutarían del cariño de sus padres por nacer de un sexo que no les convenía para sus intereses.

Dios con nosotros estaba siendo generoso. No quería abusar de su generosidad y en la comida hablé con mi esposa. No quería tentar a la suerte y no abandonaría a una niña si llegaba. Ella se enfadó mucho. Dijo que no pensaba dejarlo ahora con todo lo que le había costado. Yo no dije nada, solo agaché la cabeza y me levanté de la mesa. Era cierto que la que estaba consiguiendo esta gesta era ella, que estaba pasando por los partos y por los embarazos. Yo, realmente, no aportaba nada. Estuvimos unos días sin hablarnos. Por primera vez me sentí alejado de ella. En menos de una semana nos reconciliamos. Yo la amaba más que a nada en este mundo y creo que debió de ser en esta reconciliación cuando engendramos al quinto. Bueno, al quinto y al sexto. De nuevo venía un parto doble y ambos nuevamente varones.

Seis varones para mí ya era toda una hazaña. Y en menos tiempo del que había pensado. Conseguiríamos el título de hidalgo de Bragueta, ahora estaba casi seguro. Los pequeños iban creciendo sanos y el mayor ya nos ayudaba con los pequeños. El séptimo estaba al alcance. Con cada niño que nacía iba a darle las gracias a Dios, pero, aunque ella no decía nada, mi esposa no estaba bien. Creo que tanto embarazo seguido le empezaba a afectar, por lo que no la quise presionar y, aunque era consciente de que ella no permitiría que estando tan cerca no consiguiera la gesta, preferí dejarle un tiempo antes de intentar ir a por otro niño.

Los mayores nos ayudaban en las tareas de la casa y con los más pequeños. No sé si pasó un año o dos hasta que decidimos ir a por el séptimo. Si era varón, perfecto; si no, lo querríamos igual. Si soy sincero, he de reconocer que cuando supimos que estaba de nuevo embarazada nos inundó un escalofrío y temimos que fuera niña. Incluso soñé con que la abandonaba y, aterrado, me desperté y salí corriendo a la iglesia. Necesitaba alejar estos malos pensamientos. No la abandonaría si era niña. Aun así, pedí a Dios que me trajera otro varón. Mi mujer creo que era especialista en hacer varones, porque el séptimo también lo fue. Teníamos los siete niños. Lo habíamos conseguido. Solo faltaba que todos vivieran al menos hasta los ocho años.

El ambiente de la ciudad estaba enrarecido. Casi a diario había un nuevo caso de abandono de una niña y otros desistían en su empeño de conseguir el título. También empezaron a sonar asesinatos de niños por envidia de que se consiguiera este título. Tenía miedo por mis hijos. No quería que les pasara nada, por los que no los dejaba solos ni a sol ni a sombra. La mortalidad infantil también estaba haciendo mella. Pocos niños llegaban a cumplir los cinco años. Yo sentía miedo; no quería perder a ninguno de mis pequeños, pero había visto morir a pequeños de la edad de los míos. Mi deber ahora era protegerlos para que todos alcanzaran esa edad, por lo que trabajaba duro para llevarles al hogar un alimento digno que les ayudara a crecer sanos.

El tiempo fue pasando, para mí demasiado lento, pero mis hijos crecían fuertes. Dios tenía que estar de mi lado y quiso que esta gesta se cumpliera, pues cuando el pequeño alcanzó los ocho años fui a las casas consistoriales a reclamar mi título. Al comprobarlo, se sorprendieron de que un hombre tan humilde como yo hubiera conseguido alcanzarlo. Y me lo concedieron. Desde entonces, todos en la ciudad me conocieron como Hernán Crespo, el hidalgo de Bragueta. Construí un palacio en una calle estrecha, cerca de la iglesia de San Pablo, y le di una buena vida a mi esposa, sin la cual no hubiera podido conseguir tal gesta. Ahora sé que tras mi muerte pusieron mi nombre a esa calle para que todos recordaran mi hazaña.

LA ENTREGA DE UBBADAT

Quiero contar esta historia, si me permiten, porque cambió mi vida por completo. Mi nombre es Akil. Soy el último sultán de la ciudad de Ubbadat Al-Arab. El último antes de que la ciudad volviera a manos cristianas. Para mí no es agradable, mas con gran tristeza narraré mi historia, la historia de cómo perdí mi hogar, mi reino, mi ciudad.

Todo pasó en el año 1233, aunque yo llegué a la ciudad mucho antes, apenas siendo un niño. Lo recuerdo como si fuera ayer. Viví con gran pesar la batalla de Al- Uqab, allá por 1212. Por suerte, la vida en la ciudad era tranquila y crecí arraigándome a esta, sintiéndome parte de ella y dejándome cautivar por su embrujo. Me encantaba subir a la torre de Ibiut; tenía las mejores vistas de toda la ciudad. Desde ella me gustaba pasar las horas contemplando el bello paisaje que nos rodeaba.

Mi infancia pasó y pronto tuve que asumir el encargo que me daba mi padre, quien me dejaba a mí la responsabilidad de estar a la misma altura de su legado. Ahora estaba yo al mando, dirigía la ciudad. He de admitir que teníamos una gran producción en nuestras huertas y nuestros artesanos eran grandes artistas. En la ciudad había prosperidad. Todos convivíamos en paz y armonía, aunque la batalla con los cristianos aún perduraba y había de mandar a hombres a ayudar en la batalla. Pretendía de este modo —y esperaba— que no llegaran a nuestra ciudad.

Por desgracia, eso no sería posible. Los cristianos se acercaban, ganaban territorios y asentaban sus reinos con fuerza, tal y como nosotros lo hicimos. Sus conquistas eran rápidamente pobladas por sus pueblos, asegurándose de no perder el territorio.

Me encontraba, como de costumbre, en la torre de Ibiut, donde me gustaba ir a despejar la mente, a contemplar las vistas de mi ciudad y del paisaje que nos rodeaba, cuando un halcón se paró cerca de mí, trayéndome un mensaje amigo. Vi que en su pata llevaba un trozo de papel. Las aves no solían portar grandes noticias, por lo que lo cogí con algo de nerviosismo. En él se me citaba para vernos fuera de la ciudad. Querían contarme algo, pero este medio no debía parecerles lo suficientemente seguro para hacérmelo llegar.

Esperé a la noche. Un amigo me aguardaba al otro lado de las murallas. Por su recuerdo y el respeto que a él le tengo no os diré su nombre, solo que era un hombre de paz, cansado de luchar y que era cristiano. Al verle, una sensación de alegría inundó mi cuerpo, aunque era consciente de que no debía de portar buenas noticias y si prefería darlas en persona es porque ponía en riesgo su vida. Mi buen amigo quiso avisarme: estaban cerca, asediando la ciudad vecina de Bayassa. Tras ella se dirigirían a Ubbadat. La batalla era irremediable. Pronto llegarían a mis dominios. Debía estar alerta y recuperar a mis hombres, que andaban envueltos en otras batallas. Agradecí que me avisara y esperaba que tardaran en llegar, pero debía prepararme para su asedio. Me despedí de mi amigo sabiendo que la próxima vez que nos viéramos sería en condiciones muy distintas: él iría en un bando y yo, enfrente. Esperaba no tener que cruzar espada contra su persona.

Al llegar, mi favorita me notó preocupado y se acercó con gran respeto a preguntar. Al contarle los temores que me surgían al no saber si podría proteger a mi pueblo, me dijo: «Eres grande. Alá proveerá». Pero sus palabras, lejos de reconfortarme, me crearon mayor incertidumbre. Nos preparamos para resistir el embate de las tropas cristianas, para cuando llegara el momento. Debíamos estar preparados, aunque, por mi naturaleza, no derramaría sangre. Prefería la paz a la guerra.

En 1227, seguidores de Alá empezaron a llegar a la ciudad huyendo de la ciudad vecina. Recibí algún mensaje de solicitud de tropas, pero por cercanía preferiría guardar a mis hombres, que estuvieran en familia. Uno de ellos me quiso contar lo ocurrido, por lo que lo recibí.

—Señor, Abd Ibn Muhammad Al-Bayyasi nos ha traicionado. Sirve al rey cristiano Fernando III y le ayuda a enfrentarse a los nuestros. Ha entregado la ciudad y las tropas están al servicio de los cristianos. Los nuestros nos están matando.

El relato me conmovió al tiempo que me enfadó. Habíamos sido traicionados. La sangre de mis compatriotas era derramada por nuestras espadas. Mi obligación era avisar al resto de los reinos para que desconfiaran de Al-Bayyasi. Era consciente de que no tardarían mucho en venir aquí. El ataque era inminente. Aun habiendo reforzado las puertas y torres, no encontraba la seguridad de antaño, la que ofrecía mi difunto padre. Me volvía a sentir pequeño e indefenso. No confiaba en que eso, el esfuerzo que habíamos hecho reforzando la muralla, fuera suficiente.

Protegí a mi familia y la mandé a Medina Garnata, esperando que el reino no fuera atacado por el momento. Besé a mis hijos como si fuera la última vez que los pudiera besar y los despedí a las puertas de la muralla. Con gran pesar quedé solo, a la espera del ataque. Fui a la torre de Ibiut; quería contemplar mi ciudad. Los comerciantes seguían su trasiego como si nada y los artesanos trabajaban sin descanso. Debía avisarlos. La ciudad tenía que prepararse por si empezaba la batalla, recoger los víveres que nos fueran necesarios para sobrevivir y estar en familia. Algunos se marcharon huyendo de la ciudad. No los culpo. Yo había alejado a todo lo que más amaba en este mundo.

Empezamos a guardar reservas de agua y comida durante el año siguiente, pero los cristianos aún no habían aparecido por la ciudad. Tal vez su estrategia era que nos confiáramos. Eran conscientes de que muchos de los habitantes de la ciudad vecina se refugiaban tras nuestros muros. Ambos conocíamos nuestras posiciones y estábamos preparados. Los ciudadanos volvieron a la calma como si no fuera a ocurrir nada. Yo sabía que nuestra ciudad era un punto estratégico demasiado importante para los cristianos como para dejarlo en el olvido y vigilé día y noche desde la torre de Ibiut el camino que venía de la ciudad de Bayassa hasta que esa mañana vi a lo lejos las banderas enemigas. El día que tanto temía estaba demasiado cerca. El asedio fue incesante durante meses. Mis arqueros intentaban mantener a los cristianos fuera de las murallas; sus catapultas atacaban con furia nuestros muros. El intercambio de golpes fue continuo.

Se estaba convirtiendo en una guerra de desgaste. La falta de víveres y el cansancio hacían mella en nuestras tropas, aunque también en las suyas, pero de menor manera, pues recibían suministros desde Bayassa. Mis generales empezaban a discutir en los baños. Yo no podía permitir que mi gente muriera de hambre.

Ese día nos reunimos en los baños todos mis generales y yo. Quería conocer la opinión de cada uno de ellos, saber cómo contemplaban el futuro de la ciudad y ver sus perspectivas. Algunos querían seguir luchando; otros, muy a su pesar, preferían rendirse a morir de hambre. Fue dura mi decisión, pero Alá me guiaba en ella. La reunión fue dramática; he de reconocer que incluso lloré. Éramos conscientes de todo lo que implicaba el dejar nuestro hogar, pero decidimos rendirnos. Mandé un mensajero para concertar una reunión con el rey cristiano. Antes de salir a este encuentro le comuniqué al pueblo la decisión que había tomado. Muchos la aplaudieron, otros lloraron, aunque todos estuvieron de acuerdo en que era la mejor que podíamos elegir.

Estábamos reunidos el rey Fernando III junto con sus consejeros y yo junto con los míos a los pies de la muralla.

—No puedo dejar que mi pueblo muera de hambre, por lo que vengo a pactar contigo las condiciones de entrega de la ciudad —empecé diciendo.

El rey cristiano se sorprendió por mi sinceridad y comenzamos a pactar las condiciones de entrega de Ubbadat. Fue benévolo con nosotros. Nos dejaría partir sin dañar a ninguno de los míos y nos dio víveres para comer durante el viaje que nos aguardaba. También dio opción de quedarse a quien quisiera bajo la conversión.

En ese año 1233 abandonamos nuestro pueblo y los recuerdos que poseímos de nuestro hogar, dejando parte de nuestras vidas tras las murallas. Salimos de Ubbadat sin mirar atrás, añorando lo que dejábamos, pero siendo fieles a nuestras creencias. Algunos decidieron quedarse y asumir las leyes del nuevo rey. Yo llevaba el corazón dividido. Volvería a ver a mi familia, pero añoraría mis descansos en la torre de Ibiut.

Ahora, desde Medina Garnata, recuerdo con cariño Ubbadat y todo lo que viví desde mi infancia, esperando algún día poder regresar y subir a la torre de Ibiut a contemplar mi hermosa ciudad.

LA PETICIÓN DE FRANCISCO DE LOS COBOS

Heme aquí, después de tanto tiempo que pasé en Madrid y en otros territorios de la noble España, que vuelvo a la ciudad que me vio llegar a este mundo, la muy noble y leal ciudad de Úbeda, a la que guardo especial cariño y en la que me hubiera gustado pasar más tiempo, mas mis obligaciones me lo impidieron. En mi viaje no vengo solo, pues me acompaña mi joven esposa, María. Es un tiempo en que he de ir pensando en el lugar de mi descanso eterno. Han de saber que en este tiempo se ha de preservar la fama, dejar marca de la importancia que tuviste en vida, por lo que me preparo para emprender una gran construcción para mi capilla funeraria. Mas primero han de saber que soy Francisco de los Cobos y Molina, secretario del emperador Carlos V, entre otros cargos que ostento, y caballero de la Orden de Santiago.

Hay una gran obsesión que me desvela. Mi mayor deseo es que al final de mis días alcance el reino de los cielos y así entre en la vida eterna. Con esta intención he viajado a estas tierras, para construir mi descanso eterno y dejarlo todo listo para cuando llegue el momento. Mas la historia que les vengo a contar no es la construcción de la capilla ni lo importante y poderoso que era, sino un hecho que me aconteció en mi ciudad. Hallábame en mi palacio, descansando, cuando tuve un sueño que me perturbó, en el que se me revelaba que no alcanzaba el reino de los cielos. Esto me preocupaba sobremanera. Mi edad seguía avanzando y mi construcción iba demasiado lenta para mis expectativas. Hablé de ello con mi buen amigo Fernando. Al fin y al cabo, era un hombre de Dios y el que se estaba encargando de vigilar la edificación.

La verdad es que mi sueño le hizo andar pensativo durante un rato. Yo guardaba silencio, pero no sabía decir por cuánto tiempo podría permanecer así. Por suerte, habló antes de que se agotase mi paciencia. Me recomendó que dejara unas misas pagadas por mi alma para que eso contentase al Padre Eterno y ayudara a que mi alma fuera recibida con gozo en el más allá.

—Dejar misas para mi alma —repetí una y otra vez, al tiempo que pensaba en la cantidad que debiera ser oportuna. No encontré una respuesta rápida, mas lo pensaría con calma.

El buen Dios debía de tenerme en buena estima, pues miraba la edad en la que solían morir los hombres de mi época y la mía: había superado esta y aún seguía en este mundo. Decidí que, en gratitud, dejaría nueve mil misas pagadas por mi alma. De esta forma quería agradecer mi longevidad.

El 11 de mayo de 1547 fue el fin de mi existencia. Lo recuerdo perfectamente. Seguía en mi tierra, esperando a que las obras acabasen. Por desgracia, mi capilla no estaba terminada. En contra de lo que hubiera deseado, fui enterrado en la capilla familiar que poseíamos en la iglesia de Santo Tomás. Debían darme sepultura aunque luego trasladaran mi cuerpo. Me sentí decepcionado. Ni habiendo dejado nueve mil misas pagadas conseguí burlar a esta y llegó antes. Mi capilla no se había terminado a tiempo.

Lo peor fue que mi alma quedo aquí, atrapada. Desperté al tercer día de mi sepultura, pero solo en alma. Mi cuerpo quedó encerrado en ese incómodo enterramiento. No conseguía abandonar este mundo; algo me amarraba a él con fuerza. Desorientado y cansado, me senté sobre mis huesos. No era posible: el reino de los cielos no se había abierto para mí y ahora me quedaba aquí, atrapado. Sentía miedo. Tal vez quedara atrapado en este mundo para siempre. Debía salir de allí. Quise llorar, mas incluso de esto fui privado. Desesperado, anduve de un lado a otro buscando una forma de poder enviar un mensaje, pero fue en vano. Sentía un gran dolor. De repente, una luz me atravesó y me empujó a la calle. Mis ojos no conseguían ver nada. La claridad dolía. Para consuelo propio, sabía que estaba fuera de la iglesia, aunque seguía atrapado en este mundo. Tal vez alguien quería ayudarme a poder dar mi mensaje.

En mi capilla tenía previsto todo para facilitar mi entrada triunfal en el reino de los cielos, pero no estaba en ella. Debía conseguir que mi buena esposa la terminara y trasladara cuanto antes mi cuerpo a ella. Si no, jamás me iría de aquí. No alcanzaría la vida eterna.

Con el sonido de la medianoche, mi espíritu tomó forma de un ente visible y podría hablar con ella. La primera noche que me presenté, ella se asustó tanto que cayó al suelo, desmayada, y el rato que pude permanecer allí no sirvió de nada. Cada vez que despertaba y me veía frente a ella volvía a caer desmayada. Estuve a punto de abandonar; no quería que de un susto muriera, dejara mi obra inacabada y ella tampoco alcanzara el reino de los cielos. Pero no podía. Después de tanto esfuerzo no debía abandonar. Dos noches más tarde volví a intentarlo.

Ella estaba en el palacio, durmiendo plácidamente en sus aposentos. Me quedé mirándola. Era tan bella… No quería despertarla, pero mi entrada en el reino de los cielos dependía de ello. Al principio se asustó mucho. Ya más relajada, le comencé a hablar:

—María, esposa amada, termina mi capilla para que pueda descansar. Mi alma está atrapada. Ayúdame —le decía sin éxito.

Pero ella, asustada, no quería escucharme. Al menos ya no se desmayaba al verme. Pensaba que no era más que un producto de su imaginación o que se debía a lo mucho que me extrañaba. Insistía, pero me ignoraba. No quería marcharme de su lado, quería seguir hablándole, mas sentía una fuerza que me arrastraba, algo que me hacía alejarme de allí. Mi espíritu perdía su fuerza y ya no era visible. Me veía empujado de nuevo a la iglesia de Santo Tomás.

Como cada noche, a las doce mi alma se transformaba en ente y podía ir a verla, pero solo un instante. Después mi cuerpo arrastraba mi alma junto a mis huesos. Seguí presentándome noche tras noche a la misma hora para pedirle que terminara mi obra, pero ella no me escuchaba. La había paralizado como duelo por mi muerte y no quería continuarla. Después de una semana presentándome le advertí:

—No me iré hasta que termines mi capilla. Seguiré perturbando tus sueños hasta que mi alma descanse.

Creo que eso debió de asustarla, por lo que prosiguió con las obras. Yo, como caballero de palabra, seguí visitándola noche a noche hasta que terminó mi capilla, la Sacra Capilla del Salvador del Mundo.

El día del traslado de mis huesos a mi capilla fue el más feliz de todos. Ya estaba terminada. Todo estaba previsto para que me marchara. Al terminar de darme sepultura, mi amigo el deán Ortega ofició una misa para despedir a mi alma y que las puertas del cielo se abrieran para mí. Al finalizar noté una luz fuerte que me envolvió, me arrastró hasta mi cuerpo y me elevó hasta salir por la linterna de la capilla, donde la luz se volvió más fuerte. Una sensación de paz me inundó.

Ahora que mi alma alcanzó su morada, me gusta contemplar esa hermosa obra que construí en mi ciudad.

AMOR EN EL ARCO DE LA PUERTA DE GRANADA

No quisiera molestarles, mas quisiera contarles una historia que pasó hace demasiado tiempo para recordar el año. Con gran humildad y aunque sé que esta fue un pecado, no me arrepiento de ella. Mas ha llegado el momento de contarla.

En esta ciudad de Úbeda, en la que convivíamos pacíficamente tres culturas como son la judía, la cristiana y la musulmana, surgió y transcurrió la historia que aquí les cuento, concretamente en la puerta de Granada.

Yo era una joven mora. Las normas marcaban que no podía existir mezcla de sangre, por lo que no podíamos tener contacto con los cristianos ni con los judíos. En mí se empezaban a despertar unos sentimientos desconocidos hasta ahora. Miraba a los hombres de otra forma, pero no me interesaba por ninguno de los de mi raza. Un día, dando un paseo, me encontré con él. Sentía que me quedaba sin respiración cuando lo vi; algo me paralizaba y no podía moverme. El joven me miró y sonrió, con lo que me ruboricé. No sabía qué me pasaba. Era un sentimiento desconocido para mí, algo tan nuevo que sentí que debía de ser un pecado, pero me sentía feliz. La sonrisa surgía sola, al igual que subían los colores de mi cara. Salí corriendo. No sabía qué otra cosa podía hacer.

El joven del que me fui a enamorar era cristiano, algo que estaba prohibido, aunque pensé que no volvería a verlo más. Seguramente él no se hubiera fijado en mí y su sonrisa fue por cortesía. ¿O puede que sí lo hubiera hecho? Mi cabeza daba vueltas a miles de preguntas, intentando que la respuesta fuese de mi interés, aunque luego me desalentaba el saber que jamás podría estar con él. Los días pasaron y no era capaz de borrar su imagen de mi mente. No lo volví a ver en los días siguientes. Se convertía en una ilusión, era como si jamás hubiera estado aquí. El no verle me llenaba de tristeza, algo que empezó a notar mi madre. No se lo confesaría; sé lo que diría.

A la mañana siguiente, mi padre vino a verme a mis aposentos. Traía una propuesta. Quería hacerme casar con un joven con buen dote, hijo de un alfarero de la ciudad. Así perpetuaríamos nuestra raza. Mi misión sería amarlo y respetarlo, acatando su mando. No lo conocería hasta el día de la boda y debía procurarle hijos sanos. Intenté replicarle, pero fue en vano. Salí de mi casa y fui corriendo hasta el lugar en el que vi a mi cristiano amado. Las lágrimas se precipitaban por mi rostro. No encontraría consuelo allí y no podría cambiar mi destino, pero esperaba que estuviera, volver a verlo una vez más.

—¿Dónde estabas, mora de mis amores?

Sobresaltada, me giré. No era capaz de ver bien su cara; las lágrimas me nublaban la visión. El joven secó con cariño mis ojos. No lo podía creer: era él, el cristiano del que me enamoré. Paseamos juntos hasta llegar a la puerta de Granada. Bajo su arco nos paramos. Entonces le conté el motivo de mi llanto y rompí a llorar al confesarle que le amaba. Me tomó de la cintura y, acercándome a él, nos encontramos en un furtivo beso. Cerré mis ojos. No quería que ese momento terminara nunca. Como todo, el momento tuvo que terminar. Nos despedimos, quedando en volver a vernos al día siguiente en el mismo sitio.

Al llegar a casa mi padre me esperaba. Según él, me aguardaba una gran noticia. Habían fijado fecha para la unión entre el hijo del alfarero y yo. Apenas distaba una semana del día de hoy. Al final me había vendido. O esa era la sensación que tenía. Me fui a mis aposentos a llorar. Al menos sentía el consuelo de que al atardecer del próximo día vería a mi amado.

La tarde se vino y yo salí al encuentro. Fue como si no existiera nada más. Con él sentía que las horas se hacían segundos. Era feliz. Lo repetimos unas cuantas tardes más. Siempre quedábamos en el mismo sitio, junto al arco de la puerta de Granada. Los muros eran nuestros aliados, pues si venía cualquier moro o cristiano, con cruzar el arco nos separábamos rápido. El arco era nuestro aliado y allí fue donde nos dimos nuestro primer beso.

A los pocos días creo que mi padre empezó a sospechar con mis salidas. Hablé con mi amado cristiano y planeamos que la noche antes del enlace concertado que me había organizado mi padre nos iríamos de la ciudad. Empezaríamos de cero en otro lugar, como una pareja.

Todo estaba preparado. Ese día había llegado y sentía un gran nerviosismo. Mi padre, ignorante de mis propósitos, pensó que mi estado se debía al enlace, que se realizaría al día siguiente. Miré a mi madre. Sabía que ella sospechaba algo y sentí un remordimiento. No podía irme sin despedirme de ella. Le pedí que me acompañara a mis aposentos un instante. Allí le conté todo. Estaba enamorada; ella seguro que me entendería. Al menos eso pensaba a priori. Conforme se lo iba contando, la cara de mi madre tornaba a furia. Estaba defraudada, decepcionada conmigo y no entendía cómo había podido traicionar a mi raza. Yo solo entendía de amor, no de religiones. Amaba a aquel hombre y no me importaba que fuera cristiano. Mi madre sabía que nada podría hacer por separarme de ese pensamiento. Aunque discutimos durante un rato, acabó abrazándome y deseándome lo mejor.

El ocaso estaba cerca. Preparé con sumo cuidado mis arreos para cambiar de vida, para marcharme de la ciudad. Una vez los tuve listos, salí con sigilo de mi casa. Miré dos veces a cada lado antes de emprender mi camino. No había nadie. Esperaba no ser descubierta. Paseé por las calles hasta mi destino con sumo cuidado, como si de un ladrón se tratara, intentando pasar inadvertida, sin volver la vista atrás aunque era consciente de lo que dejaba.

La puerta de Granada se abría paso ante mí. Apenas unos metros me separaban de ella. Allí una sombra esperaba. Debía de ser él, mi amado. Apresuré mis pasos. No quería hacerle esperar más de lo necesario. El encuentro fue apasionado. Nos fundimos en un beso, pero fuimos sorprendidos por ambas partes del arco. A un lado, mi pretendiente; al otro, mi padre; junto a ellos, otros hombres. No podía creerlo. Mi madre me había traicionado. Se lo había dicho a mi padre y este pretendía evitar que me fuera con mi amado.

Empezó a ordenarme que me alejara de ese sucio, como él llamaba a los cristianos, pero yo me aferré a él. Mi pretendiente desenvainó la espada, retando al cristiano, quien me puso a su espalda y sacó su espada. Otros de los presentes desenvainaron. Estábamos rodeados. La embestida la dio el moro, a la que contestó mi cristiano. Se abalanzaron sobre él sin piedad y yo caí al suelo. Por la espalda le atravesó el acero de mi pretendiente, hiriéndolo de muerte. El brillo de la espada saliendo por su pecho me hizo lanzarme sobre él, quedando atravesada por el arma que lo mataba. Heridos estábamos de muerte. Prometiéndonos amor por siempre y sellando con un beso nuestro amor, morimos ambos bajo el arco de la puerta de Granada. Desde entonces se dice que la pareja que se dé un beso de amor verdadero bajo este arco durará para siempre.

EL COSTALERO DESCONOCIDO

Mi nombre no es importante, pues mi historia no hace tanto que pasó, por lo que dejaré que este sea anónimo por si alguien pudiera conocerme. Y es que, verán, fue una curiosa cosa. Diré únicamente que no nací en Úbeda, sino que vine de otro país a conocer los monumentos de la ciudad, una ciudad que es bastante conocida por su Renacimiento. Esta historia es del siglo XX, bastante moderna, pero puede que muchos no la conozcan, pues pasó de ser una anécdota a una leyenda. Aun así, por la impresión que me dio se la contaré, ya que de ella guardo un grato recuerdo, al que le tengo mucho cariño y del que me apetece que sean conocedores.

Me encontraba hospedado en el Palacio Deán Ortega, lo que viene siendo el parador de turismo de la ciudad, un palacio del siglo XVI construido por Andrés de Vandelvira, con un acogedor patio y una cómoda sala de lectura. Había llegado aquí para conocer la tan nombrada Semana Santa, una semana llena de procesiones donde se sacan cristos a la calle, algo que me llamó la atención. Me dijeron que me gustaría la experiencia y allá que fui.

La verdad es que para mí eran bastante desconocidas estas fiestas. Han de tener en cuenta que yo soy irlandés. El típico irlandés alto, fuerte, de piel blanquecina y pelo y barba bermejos. Andaba por Madrid un familiar y, como en estas tierras había otro familiar de este, me picó la curiosidad por esta Semana Santa. De ahí que eligiera esta y no otra.

Pero volvamos a la historia. Yo estaba en el parador de turismo alojado, acababa de llegar y en la recepción una chica bastante simpática me contó algo de que ese día había procesiones o algo de eso, pero tampoco sabía bien a lo que se refería. Como dije, eso de la Semana Santa era desconocido para mí. Solo sé que cuando llegué ya había empezado, pero el trabajo no me había permitido venir antes.

Era viernes. Como decían aquí, Viernes Santo; que no sé por qué era santo, pero bueno, algún motivo habría para llamarlo así. Tampoco me interesaba mucho. Yo salí del parador para pasear por la ciudad, pero encontré que en la plaza Vázquez de Molina y en la del propio Salvador había una gran muchedumbre, vestido cada cual de un color y con unos uniformes peculiares. Eran como equipos de fútbol, cada cual con su vestimenta, y había algunas imágenes de santos en la plaza. Si soy sincero, cuando vi tanto capirote pensé que se trataba de algún movimiento del Ku Klux Klan, pero al ver los santos cambió mi pensamiento y me dije: «Esto debe de ser eso de la Semana Santa».

Me senté en las escaleras que daban acceso al parador para contemplar lo que estaba pasando en ese momento en aquella plaza. Gente de un lado a otro, con prisa y con estandartes en sus manos. Algunos llevaban velas; otros, varales. Bastante pintoresco todo. Me quedé sorprendido y prendido por un carruaje que se encontraba cerca de la puerta. Era dorado y sobre este había una imagen que me prendó. Era una figura de un Cristo sufriente y suplicante, que apoyaba su rodilla en la tierra, al cual acompañaba un ángel. Ambas imágenes estaban en la parte delantera; detrás, un árbol que ocultaba tres figuras de hombres durmiendo. En ese momento pensé que representaban a la famosa siesta, que es tan típica en España. Quizás fuese en ese momento cuando nació esta, así que para mis adentros me dije: «Pues sí que es antiguo esto de echar la siesta».

Allí estaba yo, mirando esa imagen, a la que rodeaban personas vestidas con capas blancas y unos capirotes verdes. He de decir que estaba atónito: la plaza repleta de color y de imágenes, algo que jamás hubiera imaginado. Mi mal español, por no decir casi nulo, me hizo guardar silencio. No me atrevía a preguntar qué estaba pasando allí. Entonces un señor empezó a decir algo en castellano: «Vamos, costaleros». La verdad es que no sabía qué significaba eso, pero se dirigía a la escalera donde me encontraba y hacía un gesto con la mano, indicando que fueran bajo aquella imagen que tanto me había impactado. El hombre seguía haciendo gestos y yo pensé que me los hacía a mí, por lo que seguí a un grupo de personas, que se fueron metiendo debajo.

Lo que encontré fue un amasijo de maderas y de hierros, sustentados sobre unos ejes soportados por cuatro grandes neumáticos. Me recordaba mucho a un chasis de coche, como los que había desmontado con mi padre de niño. La gente que se metió bajo este se empezó a colocar a los lados. Yo me coloqué atrás, en un hueco que había, y me limité a observar al resto. Tenía claro que, como no sabía qué debía hacer, me fijaría en los demás. No quería dar la nota y que pensaran que no respetaba sus fiestas.

Entonces bajaron las telas laterales, creando una oscuridad en la zona, y se formó un gran silencio. Uno de ellos empezó a decir algo. Supongo que sería algún tipo de rezo, pues el resto parecía seguir lo que este decía. Guardé silencio y me limité a imitar las posiciones que guardaban aquellos hombres, la mayoría cabizbajos y con las manos entrecruzadas. Entonces una voz de fuera mandaba a los de dentro. Bastante extraño para mí, pero como dentro no se veía nada tenía lógica que alguien desde fuera dijera algo. Lo mismo es que estaba lloviendo y nos teníamos que refugiar así.

Los hombres se colocaron y empezaron a empujar. El carromato comenzó a moverse. Yo empujaba igual que ellos. No estaba bien quedarme mirando. Puede que no les arrancara y debía ayudarles. La verdad es que parecía que aquellos hombres se conocían. Sabían perfectamente lo que hacer en cada momento, pero ninguno me dijo nada. Yo permanecía callado. No sabía si entenderían mi lengua o si la hablarían.

La procesión parecía avanzar con normalidad. El esfuerzo de las pendientes del recorrido hizo que tuviéramos que reponer fuerzas. En la parte delantera de aquel artefacto levantaron e introdujeron algo, que repartieron a todos los que estábamos allí debajo. Era un extraño pan con un huevo en el centro. Todos comenzaron a comérselo y dije: «Oye, lo mismo está bueno». Así que me puse yo también a comer ese alimento. Lo cierto es que estaba delicioso y era bastante original. Después nos pasaron un poco de agua. Y volvimos a empujar.

Entramos en una iglesia y metimos dentro aquello, en una de las capillas, como pude comprobar después. Antes de salir de debajo nos dieron una especie de torta rojiza con sal y, como todos comían, pues yo también. Esa también estaba exquisita. Salimos de debajo y empezaron a abrazarse y chocarse las manos con la voz que había estado todo el camino hablando. Como se suele decir, donde fueras haz lo que vieras, así que yo me puse a saludar igual que el resto. Contemplé de nuevo la imagen que habíamos estado empujando por las calles de Úbeda.

La verdad es que noté que al finalizar se miraban con cara de sorpresa, pues ninguno de ellos me conocía y todos parecían conocerse entre sí, pero tampoco dijeron nada. Al menos estando yo delante. Supongo que después se preguntarían por quién era.

De regreso al parador, que no estaba muy lejano de esa iglesia, pensé: «Esto es la experiencia que me dijeron de la Semana Santa». La verdad es que fue única. Lo pasé muy bien y fue una sensación impresionante. No puedo describir con palabras lo que sentí al llevar aquella imagen sobre mí, pero me gustó tanto que no me pude resistir y volví al año siguiente y al siguiente. Esta vez volvía con más información que la primera y es que ese artefacto se llamaba trono y aquellos hombres que llevaban capuchas eran penitentes.

Al parecer, yo había sido un costalero o achuchador del Cristo de la Oración en el Huerto. Me gustó tanto que al año siguiente estaba en las escaleras del parador el Viernes Santo, esperando a poder meterme de nuevo bajo ese trono y llevarlo en la procesión general.

CATACUMBAS DEL HOSPITAL DE SANTIAGO

Permítanme que mi nombre siga en el anonimato, pues la historia que les voy a contar me llena de vergüenza y de arrepentimiento. No estoy orgullosa de lo que hice, pero aun así no puedo cambiar el pasado. Ya no puedo hacer nada para remediarlo. Sí que he de decir que no fui la única que hizo esto, aunque eso no me justifica. Nada puede hacerlo.

Mi historia tiene que ver con un hospital, el de la ciudad de Úbeda, el hospital de Santiago, y con una casa cercana. En la época en la que me encontraba, cualquier acto impuro o casi cualquier cosa que hicieras contraria al pensamiento de tu padre era signo de deshonra. Yo era la segunda de una familia acomodada de la ciudad, pero tuve la desgracia de que, a la edad que mi padre consideraba que era la casadera, no encontré pretendiente alguno. Y no es que no fuera agraciada, pero ninguno de los que pretendían rondarme eran buenos para mi padre y el que yo amaba era un insulto para su apellido. El tiempo pasaba y, sintiéndose deshonrado por no encontrar un buen marido, tomó la decisión más fácil para él: me ingresó como monja en un convento de clausura. De esta forma su honra seguiría intacta.

¿Cómo acabé aquí? Pues la verdad es que no lo sé, pero el destino quiso que acabara siendo una de aquellas hermanas que cuidaban a los enfermos del hospital de Santiago. Mi trabajo me llenaba de satisfacción. Al menos ayudaba a otras personas a mejorar o a consolar su agonía, velando por ellas hasta que abandonaban esta vida.

Un día, estando yo en mis labores cotidianas, llegó un enfermo como tantos otros, pero este era diferente, ya que al verlo quedé prendada de él. Anteriormente no había sentido deseos carnales con ningún hombre; asumí mi condición sin más. En esta ocasión era diferente. Me encargué de cuidarlo personalmente. Necesitaba saber si este misterioso caballero sentía lo mismo que yo. Era un hombre agradable, amable y de buen ver. En seguida noté que le agradaba mi presencia, sobre todo cuando por las mañanas buscaba con la mirada el verme aparecer por la puerta.

Me levanté con una sensación rara. Algo sería diferente ese día. Al menos eso intuía. Como cada mañana, empecé por mis oraciones y me preparé para atender a los enfermos. Al llegar a él me cogió del brazo y me acercó hacia sus labios. Quería susurrar algo a mi oído. Su propuesta era cuando menos indecente, mas pensando que él me amaba acepté. Su movilidad había mejorado mucho en los últimos días, por lo que quedamos en vernos en la casa cercana al hospital, un lugar que usábamos para tener visitas sin que nadie se enterase. Yo accedería por las catacumbas del hospital y él iría por fuera. Esa noche fue mágica. Tuvimos un encuentro apasionado, como jamás lo hube tenido. Después volvimos cada uno por nuestro lado.

Él seguía allí ingresado, aunque ya podía dar paseos por los patios del hospital. Yo le acompañaba en esos paseos. Tuvimos un par de encuentros nocturnos más hasta que descubrí que algo cambió en mi cuerpo. Estaba encinta, algo que no me beneficiaba siendo monja. Sentí miedo, pero esperaba que todo cambiara.

Quedé con él para otro encuentro. Lo aprovecharía para darle las buenas nuevas y ver qué íbamos a hacer. Esa noche, cuando estábamos tumbados en el lecho, le di la noticia. Su reacción me dejó helada. No quería saber nada del bebé ni de mí. Yo, que me había enamorado de él y que pensaba que era mutuo, descubrí que solo me había útilizado para pasar un buen rato. La deshonra se cernía sobre mí y, por extensión, sobre mi familia. Había mancillado el buen nombre y desobedecido mis votos. Tenía un problema. Si se enteraban, me expulsarían de la orden y tendría que marcharme. Mi familia no me acogería en casa y mi futuro sería vagar por las calles en busca de algo que llevarme a la boca. Un futuro que no me podía permitir y que no le podía dar al ser que crecía en mi interior.

Dejé pasar la noche. Quería olvidar las duras palabras que me dijo. Esperaba que recapacitara, que me pidiera irme con él y empezar de cero, pero por la mañana, cuando fui a la sala común para empezar las curas, no lo encontré en su cama. Le pregunté a otra hermana y esta me dijo que se había marchado temprano, pues se encontraba recuperado de sus heridas. El mundo se me vino encima, mas continué como si nada.

A los meses una hermana notó que algo me había pasado y me cogió aparte para hablar. No se lo pude negar. Aunque por los ropajes se conseguía disimular, a ella no la engañé. Entonces me miró muy seria y me preguntó qué iba a hacer. Yo no lo sabía. No quería dejar la orden y me propuso algo terrible. «Estás loca», le dije. No podía hacer eso. Fue en ese momento cuando me confesó que ella lo hubo de hacer y que no era la única, al tiempo que me instaba a que no esperase más para hacerlo. Salí corriendo. No podía creer lo que escuchaban mis oídos.

En la soledad de mi habitación volví a pensar en lo que la hermana me había propuesto. Ya no me parecía una idea tan descabellada como cuando la oí la primera vez y comencé a plantearme seriamente el hacerlo. Supongo que sentía miedo o que no quería salir de allí. El caso es que fui a buscar a esta hermana para que me ayudara. Cuando la encontré me aseguró que no era la primera que lo iba a hacer y que era la mejor opción. Yo estaba embarazada de siete meses. Aquello empezaba a notarse. Me acercó un vaso con una mezcla de hierbas y me invitó a beber, asegurándome que el parto se me adelantaría. Yo bebí. No dije ni una sola palabra. La verdad es que estaba asqueroso, pero era la mejor opción. Había acabado convenciéndome de ello.

A las pocas horas comenzó el parto. Ella lo asistió hasta que salió el bebé. No me dejó verlo y se lo llevó. Mis fuerzas eran escasas y tenía claro que debía abandonarlo. Supongo que la hermana lo llevaría a una casa cuna para que otras monjas lo dieran en acogida. Extrañamente, la hermana tardó solo unos minutos en volver. Le pregunté, pero no recibí respuesta. Solo me dijo: «Descansa y olvida que has sido madre». Obedecí sin más. Al día siguiente tenía esa sensación extraña de vacío, de que me faltaba algo. Aunque era normal. Me faltaba mi bebé, lo extrañaba. El no sentirlo dentro me provocaba esa sensación. Me estaba arrepintiendo de haberlo abandonado.

Empecé a darle vueltas a la cabeza. No sé cómo había acabado haciendo tal cosa. Sentía la necesidad de verlo, de saber su sexo, de ver que se encontraba bien. Quería recuperarlo. Me daba igual abandonar la orden, ser repudiada. Necesitaba... Lo necesitaba a él, a mi bebé. Un escalofrío recorrió mi cuerpo. Algo no iba bien, pero no sabía qué pasaba. Busqué a la hermana, la que me había ayudado, y le pedí que me dijera en qué convento lo había dejado, dónde podría encontrarlo. Pero con mi pregunta ella se rio.

—¿Cómo pretendes buscarlo? Lo has abandonado. Lo dejé en las catacumbas que existen bajo el hospital. A estas horas estará más que muerto. Ya te dije que era lo que hacíamos, abandonarlos.

El dolor se apoderó de mí. Salí corriendo. Lo buscaría por todos los pasadizos hasta dar con él. Lo único que esperaba era llegar a tiempo. Entré con presura. Se escuchaba un llanto y me guie por él hasta que este se fue haciendo más débil y desapareció. Ya no escuchaba nada.

Con lágrimas en los ojos, seguí buscando hasta que en uno de los pasadizos lo encontré. Estaba allí, desnudo, frío. Intenté que se despertara, que volviera a llorar, que volviera a respirar, pero todos mis intentos fueron inútiles. Llegué tarde. Lo había matado, lo había condenado por mi temor. Cogí su pequeño cuerpo entre mis brazos y lo besé, pidiéndole que me perdonara. Al mirar a mi alrededor vi pequeños cráneos de niños que, como el mío, habían sido abandonados allí para que murieran. Entonces me senté en el frío suelo y, con mi hijo entre mis brazos, recé a Dios y le pedí que no permitiera que estos niños estuvieran solos, que no hubiera más.

Debí de quedarme dormida. Lo cierto es que no recuerdo nada. Solo sé que una luz me cegó y vi a mi pequeño respirar. Me miraba con dulzura y sonreía, pero no era el único. Desde entonces, mi espíritu quedó en estas catacumbas para cuidar a estos pobres niños, a los que les privaron de la vida por el miedo de sus madres. De noche se puede escuchar el llanto de mi pequeño, que me llama para que no lo vuelva a abandonar nunca más.

LA TENTACIÓN DE LA MONJA

Si me permiten vuestras mercedes, me gustaría contarles una historia que viví allá por el año 1293. Mi nombre fue maldito, por lo que no se lo quisiera decir, pero les pondré en situación para que, sin conocer este, puedan entender la historia a la perfección. Solo les pido que, por ventura, no piensen de esta humilde servidora que tenía intención de hacer algún mal y espero que al conocerla puedan llegar a entenderme.

Eran unos años en los que se incrementó mucho la construcción de conventos, pero me centraré en uno en particular, el monasterio de Santa Clara, pues ahí trascurrirá esta historia. Este se fundó apenas tres años antes. Deben saber que en esta época la tendencia a ingresar en los conventos era muy alta y no tanto por devoción, sino por obligación. Yo ingrese en él. Tuve que tomar los hábitos de esta orden de hermanas. Pero no piensen que fui a parar a este lugar por vocación, en absoluto. Yo no creía mucho en esto, pero la obligación me hizo acabar en este lugar.

Como les he dicho, en esta época se ingresaba en los conventos por diversos motivos: algunas por vocación, otras por abandono, por imposición del padre o para escapar de problemas legales o mundanos. Mi situación fue esta última. Entre las opciones que me daban era la más sana. Pero comencemos por el principio de esta historia.

Yo era una joven de vida licenciosa y desordenada, no era un ejemplo a seguir y la última vez me pillaron con las manos en la masa. Jamás seguí un camino recto y tenía problemas para acatar ciertas órdenes, así que la autoridad de la ciudad me dio dos opciones, ser recluida entre los muros de este nuevo convento o pasar a ser presa hasta que se dictara mi sentencia a muerte. Sentencia que, por modo de la época, era la horca en la plaza del pueblo. Como se pueden imaginar, apreciaba demasiado mi vida y ya saben la opción que elegí, así que di con mis huesos en el monasterio de Santa Clara. Había cometido tantos delitos que ya no recuerdo por cuál fue la condena, si por mi vida lujuriosa, por mis numerosos hurtos o quién sabe.

Fue difícil para mí entrar en esta rutina de rezos, oraciones, oficios y las demás actividades propias del convento, pero tuve que hacerlo. Si quería seguir viva, era esto o… mejor ni pensarlo. Intentaba llevar un camino recto, redimirme de mis pecados, alejarme de la mujer que había sido en la calle, cumplir la condena de la mejor forma posible y, quién sabe, tal vez me encontrara con mi fe. Por un tiempo fue así, aunque las aguas siempre vuelven a su cauce y en mi caso no sería una excepción. La tentación vino a buscarme y me encontró.

Fue una noche de primavera. Algo dentro de mí se despertó y soñé con él, un apuesto hombre con buen porte y ojos oscuros. En mi sueño nos entregábamos a la pasión sin medida. Creo que mi cuerpo tenía unas necesidades que cubrir que en el convento no eran posibles de realizar. Esos sueños no cesaban. Incluso hablé con la madre superiora, quien se escandalizó al escuchármelos. Esta me decía que tuviera cuidado, pues tras ellos podría estar el mismo Lucifer, algo que me asustaba, pero que no conseguía que los alejara de mi mente.

El caso es que no podía resistirme a lo que mi cuerpo pedía y comencé a buscar una forma de salir a escondidas de aquel convento, sin que mi ausencia se notara, para buscar a algún caballero que guardase silencio y apagara mi sed. Tardé un tiempo en encontrar la forma, pero conseguí tener visitas masculinas en una parte del convento. Las demás hermanas no debían enterarse nunca.

Al principio solo era un hombre. La primera vez quedé satisfecha y, arrepentida de mi acto, juré que no lo volvería hacer; pero volvían esos sueños y, con ellos, la sed de mi cuerpo, por lo que volví a invitarlo. Venía por la noche, a altas horas, y yo le ofrecía unos servicios carnales de tal forma que mi cuerpo quedaba satisfecho; el suyo, desahogado, y ambos guardábamos el secreto.

Las visitas no eran frecuentes, por lo que nadie descubría estos encuentros y siempre intentaba que se produjeran cuando todas se hallaban en cama. Alternábamos los días, variábamos las horas. Todo para que no nos pillaran. Pero mi deseo fue a más y este hombre, que en lugar de ser un caballero resultó ser un fanfarrón, se lo empezó a comentar a otros amigos suyos. A mí la verdad es que no me importaba quién fuera, siempre que me dejara satisfecha, por lo que la frecuencia y la cantidad de caballeros a los que veía fue aumentando considerablemente y, como era de esperar, empecé a ser más descuidada en mis encuentros. Incluso tenía varios por día.

Esa noche una de las hermanas se despertó y fue a dar un paseo. Creo que no podía dormir, pero no le pregunté el motivo. Solo sé que salió antes que yo de los aposentos y, por casualidades del destino, fue al lugar donde había quedado con un caballero. En mi defensa diré que en ese momento no recordé que tenía una cita con uno de aquellos caballeros. Cuando caí en la cuenta de la hora que era y del lugar al que se dirigía, salí rauda de la habitación, esperando que la hermana no hubiera llegado al lugar en el que había quedado. Un grito me confirmó que había pasado lo peor. La hermana había ido a mi cita y, al aparecer, fue abordada por este caballero, que intentó abusar de ella.

Todas las hermanas del convento se despertaron y avisaron a las autoridades, acusando a aquel hombre de entrar a un monasterio y querer yacer con una de las hermanas. Como se pueden imaginar, el revuelo fue colosal. Los hombres del regidor mandaron apresarlo y ejecutarlo al alba. Él, temeroso por su vida, no tardó en delatarme, salvando de esta forma su vida y poniendo en peligro la mía. Aunque yo intenté negarlo hasta en tres ocasiones, aseguró que no era el único que venía a visitarme y fueron a buscar al resto de estos caballeros para aclarar el asunto. Como todos eran amigos y yo culpable, confesaron que habían tenido más de un encuentro conmigo. Pidieron disculpas al caballero y este, para disculparse con la hermana y con el convento, dio un donativo económico.

Las consecuencias, como se pueden imaginar, fueron más que evidentes. Fui expulsada del convento, repudiada por mis amantes y trasladada al convento de San Andrés, en el que me darían la última cena y sería condenada a pena de muerte al alba. Al menos he de decir que, entre idas y venidas para aclarar el asunto, conseguí un día más de vida, pero entre las fechorías que había cometido anteriormente y este libertinaje dentro del convento no me darían opción a la redención.

Cuando abandoné el convento sonó un crujido en una de las piedras de su fachada. Todos fuimos a ver qué era lo que sucedía. Y es que, verán, en la base del muro exterior del actual altar mayor, que da a la salida del sol, apareció grabada la figura de una serpiente. De esta forma, el demonio se hizo presente para que todos recordaran que el mal no cesa en sus tentaciones ni estando en lugares sagrados. Entonces lo vi claro: el demonio me había tentado en mis sueños y yo había sucumbido. Caí en esa tentación y por ella pagué con mi vida, por lo que espero que aprendan de lo que viví para que, si alguna vez son tentados, se mantengan firmes en sus actos, al contrario de como yo hice.

LOS SUSURROS DEL REAL

Si me permiten, les quiero contar una cosa curiosa que me pasó en este lugar. Pero antes les diré que mi nombre es Amparo, aunque este no es importante ni trascendente para el relato que les traigo. Solo me presento por aquello de ser educada, mas mi historia le podía haber pasado a cualquiera, pero se la quiero contar por el cariño que le tengo a esta y por los recuerdos que me trae de quien se marchó antaño.

Úbeda, ciudad misteriosa donde las haya, siempre había tenido fama de que por su suelo fluía una gran energía. Algunos lo llamaban magia, otros se lo atribuían a las cañerías por los ruidos que algunas veces sonaban a los pies. Sea como sea, me habían comentado una cosa que no me podía creer y quise probar.

He de decir que esta historia no es de una época medieval ni del Renacimiento, sino que es contemporánea, más del siglo en el que estamos, pero seguro que su magia lleva siglos existiendo. Solo que la hemos olvidado.

Como muchos sabrán, la ciudad de Úbeda cuenta con miles de pasadizos subterráneos que aún son desconocidos por algunos y que apenas se sabe de su distribución, pues no existen muchos planos de estos. Y han de saber que estos también están llenos de agua. Algunos, anegados de la misma; otros, expoliados y con miles de restos de otros tiempos robados. Pero eso es lo de menos.

Verán, me encontraba yo un día algo preocupada por un tema al que no era capaz de encontrarle una solución, un tema que me frustraba y no me dejaba parar de darle vueltas en mi cabeza, por lo que fui a ver a mi abuela, una mujer sabia y gran consejera, pues, por sus años y experiencia, siempre conseguía aliviar mi alma con sus respuestas. De ella esperaba encontrar que sus consejos me ayudaran con esto.

Al plantearle el tema, su respuesta me dejó algo anonadada; incluso pensé que había perdido la cabeza. La verdad es que estaba ya mayor. Su solución a mi problema había sido invitarme a pasear por las calles intramuros de la ciudad. En particular me había dicho que para encontrar la solución a este problema debía bajar por la calle Real hasta la basílica menor de Santa María de los Reales Alcázares. Eso sí, me advirtió que debía ir en silencio, no distraerme con nada por el camino y pensar en el problema que me atormentaba. Como ven, la respuesta de mi santa abuela cuando menos era intrigante. Yo la quería mucho, pero era de locos su respuesta. Obviamente, no le hice caso alguno y continué pensando en cómo darle solución a mi problema.

Los días pasaron y seguía sin poder resolverlo. Mi abuela seguía diciéndome lo mismo y pensé que por qué no darle el gusto a la buena mujer. Al fin y al cabo, solo era un paseo por la ciudad. No me había pedido la luna. Tal vez andar me viniera bien y, puestos a dar un paseo, qué más me daba una calle que otra.

La primera vez que lo intenté no conseguí hacerlo como ella me había dicho, por lo que seguí sin respuesta. Me distraía constantemente en las tiendas e incluso me paré a hablar un par de veces, por lo que el paseo fue un poco desastroso. Entonces recordé lo que me había dicho:

—Hija mía, si quieres encontrar la solución haz lo que te digo. Baja por la calle Real hasta Santa María, pero no te pares con nadie, no distraigas tu mente en otras cosas y escucha todo lo que hay a tu alrededor. Cuando llegues, analiza lo que has oído y te dará la respuesta a tu problema. Es la magia de Úbeda, no le busques lógica. Pero debes ir sola y no detener tu camino.

Bueno, pues según mi abuela no podía tener distracciones. Yo me había parado a hablar con una amiga a medio camino, al final de este con otra y en algunas tiendas. Tal vez por eso no había funcionado. Si quería darle el gusto debía hacerlo bien. Me situé en la plaza de Andalucía y respiré hondo. Tenía decidido escuchar a la ciudad, evitar que nadie me interrumpiera en mi camino, por lo que me puse mis gafas de sol, agaché la cabeza y respiré profundamente.

Entonces comencé a descender en silencio, adentrándome por la calle Real con todos mis sentidos alerta y dispuesta a escuchar lo que la ciudad me quisiera decir. Como por arte de magia empecé a sentir una energía diferente fluir a mi alrededor.

Oía sonidos distintos a los de siempre, sentía como la ciudad me susurraba algo. No lo entendía; agudicé mis sentidos y dejé que todo eso me inundara. Cuando llegué a la puerta de Santa María, había percibido miles de sensaciones diferentes. Pensé en todas ellas y en mi problema. La solución se mostró ante mí como si siempre hubiera estado allí.

Asombrada por el hecho, fui a ver a mi abuela, pues su consejo había sido el que me había ayudado. Le conté todo lo que sentí y que no era capaz de explicar lo que me había sucedido. Ella, sonriendo, me miró con cariño y me dijo:

—Es la magia de la ciudad, cielo.

Le besé la mejilla y me senté a su lado. Quería que me contara cómo había descubierto esto, saber más de esa magia que decía que existía en Úbeda.

De esta forma tan peculiar alcancé la solución. Mi abuela ya lo había hecho en su juventud. Y antes de ella, su madre. Supongo que «la magia de Úbeda», como ella la llamaba, está ahí, esperando a que queramos escucharla. Desde entonces, cuando busco una solución o quiero aclarar mi mente, sigo este consejo que me dio mi abuela y paseo por sus calles disfrutando de la magia que posee.

LOS SANTOS VARONES

Disculpen a esta pobre infeliz, mas necesito expresar la historia que me trae hasta aquí. Verán, yo no soy una joven muy agraciada. Mi belleza, como se suele decir, es interior. Por eso surge esta historia, de mi desesperación. Mi nombre es Isabel. Nací en esta bella ciudad, aunque la suerte quiso que ningún hombre se fijara en mí a causa de mi físico. Y es que, verán, de pequeña sufrí un percance que hizo que acabara con parte de mi rostro quemado, algo que afectó a mi apariencia. Pero eso es otra historia.

Volvamos a la historia que les quería contar. Mi infancia ya había pasado y me encontraba en edad casadera. Por mi físico, ningún hombre se fijaba en mí. Para muchos era objeto de burlas y mofas. Mis padres eran mayores y no querían que la pequeña de la casa se quedara sola. Además, les dolía escuchar todos los comentarios que surgían a mi alrededor, por lo que me dieron un plazo y dos opciones: encontrar esposo o ingresar en una de las órdenes de monjas de la ciudad. Obviamente, la segunda no entraba en mis pensamientos, pero entendía su preocupación.

Por más que buscaba no había quien me amara. Necesitaría un milagro para ello. ¿Pero a qué santo se lo iba a pedir? Ninguno me ayudaría. ¿Cómo me iba a ayudar una imagen que estuviera realizada en madera? Deseché esta idea. El plazo se acabaría pronto. ¿Quién iba a quererme con esta cara?

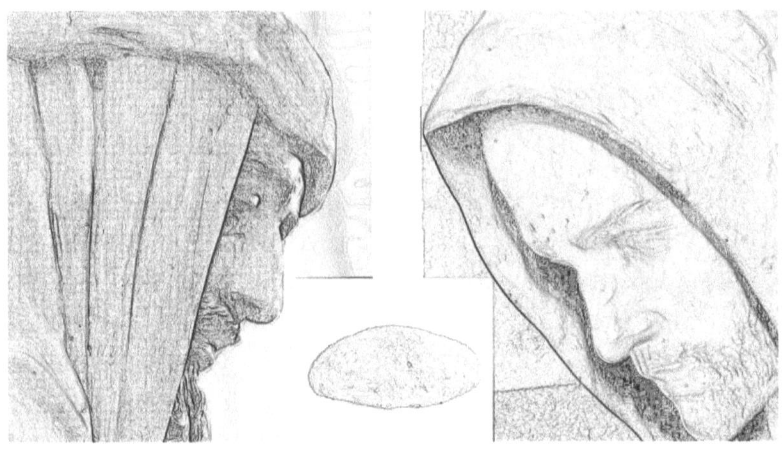

Un poco cabizbaja me fui a pasear por las murallas de la ciudad. Me temía que el hábito iba a ser mi futuro. No encontraría a nadie con quien desposarme. Me senté, triste, junto a la fuente de la Saludeja, vi mi rostro reflejado en sus aguas y rompí a llorar. Las lágrimas brotaron de mis ojos con fuerza, sin control. No podía hacer nada para calmarme, no encontraba consuelo. Una anciana que pasaba por allí se acercó al oírme. Muy amable, se interesó por mi penar. Le conté lo acontecido. Solo me quedaba una semana para que mi padre me ingresara en el convento y no encontraba un hombre que me quisiera amar. Acabaría siendo monja por obligación. La mujer, secando mis lágrimas, me dijo:

—Anda, chiquilla, no llores más. Ve a Santa María, busca allí a los santos varones de la hermandad del Santo Entierro y pídeles a ellos que te libren de tu penar y te encuentren un mozo con el que poderte desposar.

Luego me sonrió, me dio una piedra pequeña y continuó:

—Atízales bien fuerte y ellos obrarán el milagro.

Sin más, la mujer desapareció ante mis ojos, quedando la piedra en mi mano. Si eran alucinaciones, debía de tener mucha imaginación. Quedé pensativa. Lanzar una piedra a un santo me parecía un acto vandálico, pero… ¿y si con eso cambiaba mi destino? Seguía desconcertada, sin saber qué hacer. Hasta que me decidí. Me puse en pie y puse rumbo a la iglesia de Santa María de los Reales Alcázares con mi piedra guardada en un bolsillo, sin saber si sería capaz de lanzarla o, por temor, acabaría con un hábito.

Al llegar busqué a los santos varones. Quería verlos, fijarme detenidamente en las esculturas, en esas tallas que se suponía que cambiarían mi futuro. Allí las encontré, inmóviles. Las miré como si con ello se fueran a mover, mas nada pasó. «¿Qué tengo que perder?», me pregunté justo antes de sacar la piedrecita de mi bolsillo y lanzarla contra ellos, al tiempo que gritaba mi petición. La gente que se encontraba allí se volvió a verme y algunos me tacharon de loca. Otros me reprendieron por tirarles una piedra a los santos. Al final acabé siendo echada de la iglesia. Algunos curiosos se asomaron para ver qué hacía después o si era capaz de volver a entrar a tirar otra piedra. Mi torpeza hizo que cayera de bruces contra el suelo, yendo a aterrizar sobre un charco, lo que provocó las risas de los presentes. Definitivamente, estaba gafada. Nada me libraría de ser monja.

—¿Estás bien?

Un joven, al que jamás había visto antes, me extendía la mano para ayudarme a levantarme. Mi cara estaba llena de barro y creo que por eso no salió corriendo. Tartamudeé para responder a su pregunta y entonces lo sentí: me había enamorado de él. Desgraciadamente, era demasiado bueno para mí y jamás se fijaría en alguien como yo. El joven, al que no me atreví ni a preguntarle su nombre, se ofreció a acompañarme a mi casa. Por el camino fui contándole mi desdicha, buscando consuelo, pero era tan perfecto… En ningún momento se metió conmigo y escuchaba atento, a la vez que me dedicaba una dulce sonrisa, con la que me derretía por sus huesos.

El paseo se me hizo corto y pronto llegamos a la puerta de mi casa. Mi padre, al que ya le habían contado el incidente de la iglesia de Santa María, salió hecho un basilisco a recibirme. Sus voces fueron calladas por el joven, que nos dejó perplejos a ambos, pues, sin haberme dicho nada, delante de mi padre solicitó mi mano en matrimonio, asegurando que le parecía una mujer maravillosa. En unos meses nos casamos y vivimos felices el resto de nuestros días. Me ayudó a ver la belleza que no era capaz de encontrar en mí misma y los insultos que antes me dirigían disminuyeron al ver que no le daba importancia a lo que me decían.

Al año siguiente fueron muchas las jóvenes que fueron con una piedrecita a pedirles a los santos varones que les ayudaran a encontrar esposo y esto fue creciendo año a año por la multitud de mujeres que encontraban esposo tras pedírselo a los santos.

EL RELIEVE DE SANTIAGO

Mi nombre es sor Nieves. La historia que les voy a contar no es muy antigua, aunque la creencia de la misma viene desde los tiempos del Renacimiento. Incluso creo que estaba ya desde antes. Esta historia la pude presenciar. Creerán que suena a invención, mas es así como a mí me llegó y como la viví. Para que se sitúen un poco en ella, les diré que trascurre en un edificio del siglo XVI, el hospital de Santiago. Fue construido por el arquitecto Andrés de Vandelvira por orden del obispo de Jaén, Diego de los Cobos. En esta época el edificio estaba a las afueras de la ciudad y poco a poco se fue integrando en ella, siendo una zona céntrica de la ciudad moderna.

Este edificio, como su nombre indica, estaba dedicado a ser hospital de la ciudad. En principio era para enfermos de sífilis, de ahí que estuviera a las afueras y las cuatro torres avisaran a los viajeros que llegaban al lugar. Posteriormente se dedicó a hospital general cuando la ciudad fue creciendo. Como es obvio, el hospital estaba dedicado a Santiago Matamoros y en su portada se podía ver un relieve de este, montado en su caballo y matando moros, con su espada en alto y su reconocible sombrero. Pues bien, este relieve es el fruto de la historia que les vengo a contar en esta ocasión. Aunque primero les he de hablar del citado relieve.

El escultor que lo hizo lo representó con su brazo derecho alzado, empuñando una espada. No sé bien cómo ni quién fue, pero dicen que esta figura, representada de esta forma, quedó marcada por una terrible profecía, que citaba: «El día que Santiago pierda su espada con su empuñadura, el hospital dejará de ser tal y los moros volverán a entrar en España».

Bueno, he de decir que yo no creía en esta profecía y que apenas le daba importancia, aunque sí que era cierto que cada vez que ingresaba una nueva hermana en la orden se le contaba esta historia para que la tuviéramos presente. Creo que se usaba más para atemorizar que para otra cosa, pero todos guardaban un gran respeto a la imagen y a la espada. No sé cuál era el motivo, pero querían que la tuviéramos presente.

El día que llegué, lo primero que hicieron fue contármela, algo que me dejó muy desconcertada, pues no esperaba que me recibieran contándome esa historia. Nada más contármela salí a ver el relieve. Observaba cada detalle de este y, sobre todo, la espada y la empuñadura.

—¿Cómo se va a caer la espada? Lleva siglos ahí puesta. Qué ocurrencias tiene la gente. Ja, ja, ja.

Sí, lo reconozco, me reí de esta historia. Como les dije, nunca le di importancia hasta hoy. Todo trascurría con la mayor normalidad. Los enfermos eran atendidos a primera hora, algunos familiares rezaban en la capilla. Lo normal en un hospital.

Era invierno. El día se había despertado despejado, pero el viento comenzó a correr y la lluvia asomó con furia. Evitábamos que los enfermos pasearan por los patios y procurábamos que se tuviera especial cuidado si se tenían que cruzar para evitar caídas que pudieran ocasionar alguna lesión. Al ruido de un trueno se escuchó un golpe seco en la puerta del edificio. Salí junto con otra hermana, pensando que alguien hubiera caído en la entrada, pero lo que encontramos a nuestros pies fue la espada de Santiago. La cogimos y la metimos en una de las salas. No queríamos que nadie la viera. Habría que ver, cuando acabara el temporal, qué otros daños había sufrido la fachada.

Cuando todo volvió a la calma nos reunimos y mostramos el hallazgo. Algunos salieron raudos a la puerta. Querían saber si quedaba alguna parte de la espada en el relieve o había caído por completo. La historia volvió a hacerse presente con fuerza. Aguardamos a que volvieran los que habían salido. Una de las hermanas contó la leyenda en voz alta. Todos habíamos pensado en ella. Al volver nos tranquilizaron. En su mano aún quedaba la empuñadura. Entonces algunos intentaron justificar lo sucedido. Acusaban al paso de los años, a la corrosión del agua, al fuerte viento. Lo cierto es que importaba poco lo que dijeran. El nerviosismo se había apoderado de nosotros, invadiéndonos por completo. Era difícil no pensar en las consecuencias que derivaban de esta historia.

A los meses lo olvidamos por completo, convenciéndonos de que era una historia que se habían inventado para asustar. No sé el tiempo que pasó, pero llegó el día. No lo podré olvidar. Era 25 de julio de 1976, fiesta de Santiago Apóstol. Una circular había llegado, en la que se indicaba que se había decidido cerrar el hospital. No entendíamos el motivo, pero, al parecer, se trasladaría a un hospital nuevo, construido a las afueras de la ciudad.

—¿Tendrá algo que ver con la caída de la espada?
—¿Crees que se cumplirá la profecía?

Eran las preguntas que se hacía todo el personal. Como no se podía hacer nada, empezamos a ir cerrando salas hasta que todo acabó cerrado y los enfermos fueron trasladados al nuevo hospital.

Si piensan que ahí quedó la historia, se equivocan. Eso no fue todo. Porque dirán que es una coincidencia o un traslado por mejora. Lo curioso fue cuando, al salir el último enfermo del hospital, al que yo acompañaba hasta la puerta, tras nosotros se cayó una parte de la empuñadura de la espada del relieve de Santiago. Me quedé pálida y fui a recogerla. Solo era una parte. No había caído entera. A los pocos meses, concretamente ese mismo invierno, comenzaron a llegar moros a la ciudad para trabajar como jornaleros en el campo. La profecía se había cumplido. El relieve había perdido su espada, el hospital había dejado de serlo y los moros habían llegado a España.

Ahora de este mismo relieve se dice que cuando Santiago pierda la espada por completo, al-Ándalus volverá a ser conquistada por los árabes. Si es verdad o no, solo el tiempo lo dirá. Por el momento ahí sigue, sin ser restaurado y con el trozo de empuñadura que le queda cogido de la mano.

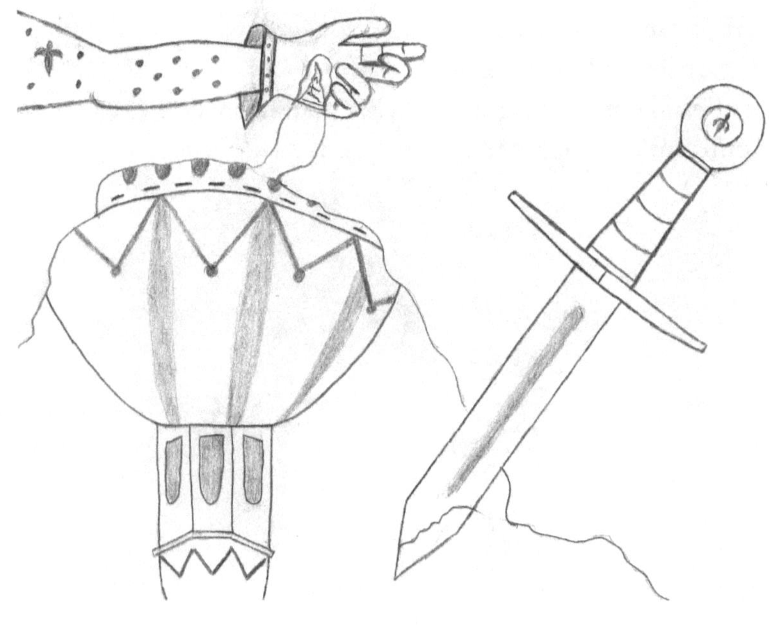

LA PUÑALADA TRAPERA

Permítanme, pues, que les cuente mi brutal historia, que no es otra que la típica de dos familias rivales que se enzarzan en una pelea. Pero esta, curiosamente, tendrá como consecuencia que se diga esta frase: «Dar una puñalada trapera». Y es que, aunque son muchos los orígenes que se le atribuyen, yo les contaré de dónde viene el dicho, que no es de otro lado que del que sufrí en mis propias carnes.

Pero perdonen vuestras mercedes mi mala educación. Ni siquiera me he presentado como es debido. Mi nombre no es otro que… Bueno, mejor les diré solo mi apellido, mas no creo que deban saberlo, pues mi acto no es bueno y no quiero que me recuerden por él. Soy de los ilustres Aranda, una de las familias más influyentes de la ciudad junto con nuestros rivales, los Trapera. Dos familias muy importantes e influyentes que siempre andaban en disputa por el dominio de la ciudad. Era muy normal ver a un Trapera enzarzado con un Aranda y viceversa. Los enfrentamientos eran constantes. Lo que no era normal es que tuvieran una relación cordial.

Pues verán, andaba yo paseando por la ciudad cuando vi a una mujer de belleza sin igual. Era una diosa. Su pelo, sus ojos y su bella figura me cautivaron. Había encontrado a la mujer perfecta, a la madre de mis hijos. Fue amor a primera vista. El problema vino al descubrir su nombre: era una Trapera. No debía fijarme en ella. Es más, debía odiarla.

¿Por qué era de esa familia? ¿Por qué debía odiarla? Eran preguntas sin respuesta que daban vueltas en mi cabeza. Y es que dicen que del amor al odio solo existe un paso y debe de ser al revés igual. Y yo había dado ese paso. Debía olvidarla. Además, ella ni se había fijado en mí. ¿Cómo iba a hacerlo siendo yo Aranda?

Los días pasaban y no lograba sacarla de mi cabeza. Incluso llegué a convencerme de que nuestro amor rompería el conflicto familiar. Qué iluso. Si ella no sentía lo mismo por mí, ¿cómo iba a romper nada? ¿Y si lo sintiera? Tal vez lograra que se enamorara de mí. Tal vez… Ah, este amor estaba acabando conmigo.

Decidí averiguarlo, intentarlo, por lo que comencé a seguirla, a observar sus rutinas para así idear un plan en el que me hiciera el encontradizo y que pareciera que se trataba de una casualidad. Planear la forma de conquistarla y de que no supiera mi pertenencia familiar hasta que estuviese enamorada. Y así lo hice. Un día me situé cerca de la plaza en la que paraba a descansar y, haciéndome el despistado, choqué con ella. Fue una buena forma de que se fijara en mí. Al menos conseguí hablar con ella un rato. Creo que debí de parecerle interesante, pues quedamos en encontrarnos al día siguiente para pasear. Lo único que podía estropear esto ahora era que se enterase de que era un Aranda. Necesitaba más tiempo. Esperaba que no lo supiera. Además, no sospecharía. Ningún Aranda se acercaría a una Trapera con ganas de conquistarla.

Las citas que tuvimos fueron fructíferas y por fin quedamos para entregarnos al amor. Había conseguido conquistarla, que me amase como yo a ella, pero le guardaba una mentira. Aún no le había confesado que era de la familia enemiga.

Esa noche quedamos cerca del torreón de Ibiut. Fue el mejor día de mi vida. La pasión era mutua y dimos rienda suelta a ella. Ambos nos dejamos llevar por el momento y, tras este, pensamos que era necesario dar un paso más. Me pidió que fuera a hablar con su padre y que pidiera su mano. Entonces vino el problema. Tuve que confesar mi secreto y le dije:

—Te quiero, pero tu padre jamás me aceptaría. Soy un Aranda.

Ella entró en cólera y con un «me has engañado» comenzó a llamar a los guardias, acusándome de haberla violado. Al vernos en paños menores y diciendo ella a qué familias pertenecíamos, los guardias la creyeron, llevándome preso.

Esto, como no podía ser de otra forma, llegó a nuestras respectivas familias. Su padre estaba colérico, los míos exaltaban la ofensa que les había realizado a los Trapera y yo, pobre tonto enamorado, no entendía que ella me hubiera acusado de tal modo. Mi familia pagó una gran suma de dinero para que me pusieran en libertad y los Trapera, dolidos, pedían mi cabeza. A tal punto llegó que los enfrentamientos entre nuestras familias aumentaron. En lugar de solucionar este tonto conflicto con un acto de amor verdadero, lo había empeorado por amar a una enemiga.

Un día, cuando paseaba por el pueblo, me asaltó un Trapera por la espalda, clavándome una daga que de muerte me hirió, al tiempo que me dijo:

—Esto es por la deshonra de mi hermana.

Le dije que la amaba, pero él se rio y allí quedé, tirado en el suelo, esperando exhalar mi último aliento y recordando la cara de este amor tan traicionero. Y de este hecho que me aconteció nació el dicho de «dar una puñalada trapera» a aquel que te traiciona por la espalda.

LA HIJA DE LOS CONDES

Hola, quiero contarles algo personal que me pasó tiempo atrás. No les diré mi nombre, pues mis padres no quieren que se sepa de mi existencia y porque en realidad carezco de ese privilegio. Nadie se preocupó de ponerme uno, por lo que digamos que me llamo Niña. Volviendo a lo que les venía a contar, quiero hablarles de cómo yo viví esta historia.

Todo pasó en el palacio. Mi madre quedó encinta. Jamás conocí a nadie fuera de palacio; de hecho, ni siquiera conocía a los que en él vivían. Como en aquella época los trajes eran pomposos se disimulaba fácilmente. Mi padre había preferido esperar a que naciera para anunciar la buena nueva. Y es que preferiría un varón para continuar su estirpe.

A los nueve meses nací. Una niña que, aunque era hermosa, tenía algo diferente. En aquel entonces no se sabía gran cosa de esto que ahora llaman síndrome de Down, por lo que el médico dijo que nací con retraso, algo que mi padre no podía permitir que deshonrase su buen nombre, por lo que ocultaron mi nacimiento y me encerraron en casa. De pequeña decían que debía jugar a un juego, como una especie de escondite. Si conseguía que nadie me viera, salvo ellos, me llevarían regalos. Tuve muchos, pues durante años conseguí esconderme del resto.

Cuando alcancé la edad de catorce años le dije a mi padre que quería ser monja y este construyó una iglesia cercana para que rezara igual que si fuera una sierva de María. Mis padres no tuvieron más hijos, creo que porque mi madre tuvo problemas en el parto, por lo que, cuando les llegó la hora, todo el mundo pensó que habían muerto sin descendencia y, como sus últimas voluntades decían, el palacio pasó a ser convento.

Yo seguí jugando a ese juego, esperando a que ellos volvieran sin saber que habían muerto, y morí en mis aposentos. Muchas de las hermanas del convento se asustaron al ver que desaparecían cosas. Y es que, al no tener quien me alimentara, buscaba algo que llevarme a la boca. Un día encontraron mi cuerpo, pero no sé cómo pasó. Yo sigo vagando por mi palacio, jugando como antaño, y muchos dicen que mi alma sigue aquí, errante, al ver mis huellas de niña en la habitación en la que estuve toda la vida.

LA TÚNICA DEL MISIONERO

Me encontraba realizando una gran obra en esta ciudad de Úbeda. Y no es que yo fuera arquitecto, no es así, pero mi obra también era digna de admiración. Y es que, verán, yo soy escultor. Puede que mi nombre les sea familiar. Soy Francisco Palma Burgos, malagueño de nacimiento que murió aquí, en esta ciudad de Úbeda, un 31 de diciembre. No, no les vengo a contar cómo el cáncer pudo conmigo, sino que quisiera hablarles de una escultura en particular que realicé en esta ciudad.

Mi maestro, Mariano Benlliure, me dijo una vez que siempre hay que dejar huella en nuestras obras y que disfrutara con ellas. Y eso hacía. Con cada obra dejaba un trozo de mí y disfrutaba de ella como si del nacimiento de un hijo se tratase.

Pero centrémonos en la historia, que no quisiera irme por los cerros de Úbeda. En concreto nos centraremos en la obra del Cristo yacente. Me encontraba haciendo el diseño de esta obra, un boceto de lo que sería, pensando en el material que utilizaría y en qué expresión quería darle. Lo primero que quería es que se pareciese al ya desaparecido Cristo yacente que existía y que se destruyó en la Guerra Civil, por lo que me puse a investigar, a buscar una imagen, algo que me diera pistas de cómo era, porque la cofradía quería recuperar esa imagen aunque cambiara un poco.

Por suerte, encontré una fotografía de este Cristo, con las piernas flexionadas. Obviamente, le daría un toque personal, aunque jamás imaginé el que sería. En cuanto tuve el diseño claro me puse manos a la obra. Quería que tuviera una estética cuidada. He de decir que no era la única imagen para Semana Santa en la que me encontraba inmerso, pero compaginaba bien mi trabajo y dejaba hacer a las musas, unas veces con una obra y a ratos con otra.

Ese día vino a verme un amigo, al que llevaba muchísimos años sin ver. Él se había ido de misionero a África y apenas volvía por aquí. En esta ocasión no tenía más remedio que volver y decidió visitarme. Su motivo no era otro que la salud. Debían hacerle unas pruebas y le daban bastante miedo. Como sabía que yo siempre estaba con un cristo o una virgen en mi taller, fue a buscar consuelo en él. Me dijo que había cogido una enfermedad por aquellas tierras y que iban a hacerle pruebas para ver si había cura o, por el contrario, se reuniría con fe en breve. Eso me entristeció y me ofrecí para acompañarlo.

Antes de salir para el hospital me quiso hacer un regalo, su túnica de misionero, con la que tantas historias había vivido y a tantos había ayudado en sus misiones. Sabía de la importancia que tenía para él esta túnica y que el dármela era como una despedida de esta vida, algo que me encogió aún más el corazón, pues sabía que mi amigo había perdido la esperanza de encontrar una cura y que ya se preparaba para su camino al más allá.

Antes de salir de mi taller, se fijó en el trozo de madera que iba cogiendo la forma del Cristo yacente y me pregunto por él.

—Es un Cristo yacente para la Cofradía del Santo Entierro de Úbeda.

—Seguro que haces un gran trabajo. Tiene algo. No sé decirte qué, pero será digno de admirar.

Yo miraba el madero. No tenía forma apenas. Estaba en basto, como se suele decir, y había comenzado por la forma de las piernas, por lo que únicamente tenía marcada la curvatura. Dejé su túnica sobre este madero, el proyecto del Cristo yacente que estaba haciendo, y nos fuimos.

En el hospital la cosa no pintaba bien. No le dieron esperanzas y marcaron una fecha en rojo. Apenas le quedaba un mes de vida. Él, al ver la cara que puse al saberlo, me sonrió y dijo:

—No estés triste. Yo voy con el Creador, al que tanto representas en tus obras. Mi vida ha sido plena, he realizado mi obra poniéndome al servicio de los demás. No sientas pena, amigo mío.

Luego me pidió un favor. Quería pasar tiempo en mi taller, viendo cómo trasformaba un trozo de madera en una imagen de Semana Santa. Y así pasó sus últimos días, viendo cómo trabajaba en el Cristo yacente.

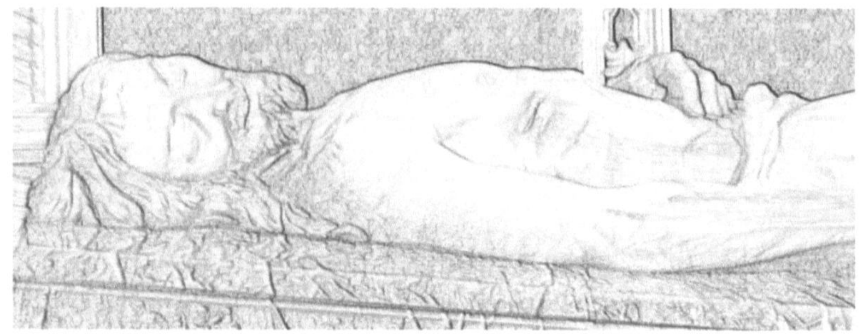

Cuando le sobrevino la muerte y lo vi allí, tumbado, esperando a ser amortajado, le encontré una expresión de serenidad, de paz; expresión que quise trasladar a mi escultura y, puesto que él había sido un hombre bueno y bondadoso que había entregado su vida por los demás, quise que una parte de su alma fuera con mi Cristo yacente, por lo que metí su túnica dentro de la escultura. Y es así cómo la túnica de un misionero llegó a este Cristo, que dio la vida por nosotros.